魔物使いの娘

Monster Master Girl

~Green-eyed girl~

天都ダム　Illustration しらび

プロローグ　出会うということ

晴天下であるというのに、木漏れ日が顔にかかるほうが稀《まれ》なほど、深い森の奥。

生い茂る深緑を、家宝の杖《つえ》で強引に打ち払い、時に掻《か》き分けて、お嬢は進む。

「これだけ緑が深いなら、食べ物にも困りませんし、巣穴だって豊富ですし、天敵知らずですくすく育ったんじゃないかと」

『ふむ……ではやはり希望は持てんか』

人の手の入らない森の奥であるから、当然、舗装などされてはいないのだが、巨大な生き物が這《は》いずった跡が獣道ならぬ蛇道として残っている為、思いの外《ほか》進むのは楽であった。先に待ち受けるもののことを考慮しなければ、だが。

蛇……すなわち、我輩らが追いかけている魔物、ヒドラ。

二頭を持つ亜竜《ありゅう》の一種。雑に言うなら巨大なヘビである。ギルドが確認した限りで、この地に生息しているらしい個体は、長さではなく高さが五メートルを超えているらしいから、そのサイズは同種の別個体と比べてもはるかに大型だ。

ましてヒドラは猛毒と火炎、二つのブレスを無尽蔵に巻き散らかす難敵であるからして、腕利《き》き〝程度〟の冒険者が四人では、手も足も出ずに敗走するしかなかったであろう。

実際、ギルドによれば、《冒険依頼《クエスト》》に挑んだ冒険者のパーティは、一人が囮《おとり》になり、その間に他の三人は逃げ帰ってきたという。

「だーれも来ない森の奥に住んでるんですから、わざわざ討伐しに来なくても良かったと思いますけど」

『人とはそういう生き物だ、お嬢。近くに異形の何かがいる、それそのものに恐怖を覚える。万が一街に繰り出してきたら大惨事であるしな』

「今回の件で人間を敵だと認識したら、そうなるかもしれませんけど」

『それはそれで笑えんが……』

「最初から、刺激しなければいいのに。この森だって、なにか特別良い物が採れるってわけでもないじゃないですか」

人間ってほんとわかんない、とお嬢は呟《つぶや》いた。


小一時間ほど歩みを進めると、開けた場所に出た。

いや、開けたというのは、ある意味正しくないか。

焦げ臭いにおいが周囲に充満している。人の手が入ることもなく伸びに伸びた草木は跡形もないほど燃やし尽くされ、森の中でその空間だけぽっかりと空洞のようになっているのだ。

「あっ」

お嬢が声をあげた、我輩にも見えた。

一人の青年が、地面に倒れていた。全身血まみれで、右腕の肘から先がない。

その反対側に、我輩たちの探していたモノがあった。

野太い蛇とでも言うべきか、胴体の横幅だけで一メートル近くある、間違いなくヒドラだ。

こやつが動かないのは、首から上がないからだ。

傍らには、目玉を大きく見開き絶命しているヒドラの頭部が、なんと三つ転がっていた。どれもこれも、大人一人を丸呑《まるの》みできるサイズの大物である。

「相打ち、でしょうか」

『であろうな、戦士一人で戦っただけでも大したものだが……力尽きたか』

お嬢はその青年に近寄って、しゃがみ込み、検分を始めた。

酷いものだ。皮膚は毒液で焼けただれ、全身は擦過傷と火傷《やけど》だらけ。

食いちぎられた右腕は、少し辺りを見回せば、転がっているのを見つけることができた。断面が牙の形状と一致するので、嚙《か》みちぎられたか。

「うーん、どうしましょう」

『我輩らだけで弔うのも手間だ、遺品を持って帰ってやれば……』

「いえ、見なかったことにして手柄を横取りしてもいいものでしょうか」

『いくらなんでもそこまで人道に外れるような娘に育てた覚えはないぞお嬢！』

とんでもないことを言い出した。

戦士が文字通り、命と引き換えにあげた首級《しるし》であろう、せめて成果だけでも報告するのが筋ではないか。

「……いえ、やめておきましょうか」

我輩の説得が通じたのだ、とは思わない。お嬢はそんなに殊勝な娘ではない。

お嬢は、つん、と青年の死体を、指先でつついた。

ぴくり、とその体が動いた。

いや……死体ではない。

『お嬢、これは……』

あーあ、と見るからに面倒くさそうな顔で、お嬢は大きく息を吐いた。

「無事に助けられるといいんですけど、運次第ですかね？」

◆

「……っぐ」

久しぶりに、嫌な夢を見た。

悲鳴をあげなかったのは奇跡だが、すぐにそれは『あげなかった』のではなく、そんなことをする余裕すらなかったのだと理解する。全身に全く力が入らず、夢の中以上に喉がかすれている……というよりこの現実の肉体の感覚を、夢の中まで引っ張っていったという方が正しいか。

記憶が確かなら、そう。俺は仲間達と、異常成長したヒドラの討伐に来たのだ。

だがイレギュラーに次ぐイレギュラーには、事前に立てた作戦も連携も、何の役にも立たなかった。

最悪の事態、全滅だけは防ごうと、仲間を逃がす為に俺は殿《しんがり》を務め、そして……。

「……っ」

思考がそこまで至った所で、強い不快感に顔をしかめた。右腕の肘のあたりに、嫌な感触があった。

それに今更気付くほどには消耗しているらしい。

ぬるり、ぬるりと粘質な何かが纏《まと》わりついている……薄いブルー色のそれは、肘の周辺を呑み込むように包みこんでいた。

「ぐ……ス、スライム……⁉」

意識を失っていた以上、抵抗の余地など最初からなかったとはいえ……この状況は笑えない。

今となってはさまざまな街で、便利な家畜として飼育されているスライムだが……野生種のそれは極めて獰猛《どうもう》で暴食だ。

奴《やつ》らはどんなものでも溶かして喰《く》らう、液体と個体の中間のような、不定形の体を持っている。

物理攻撃はほぼ通じず、武器で殴れば、その武器を取り込み溶かして喰らう。

金属さえも消化してのける連中なのだから、肉の塊である人間なんざ、大好物だろう。

唯一の弱点は核《コア》と呼ばれる部位を破壊することだが、これもなかなか難しい。何せ半分流体みたいなものだから、斬っても刺しても通じないのだ。

魔導士が生み出す火や氷が最も単純かつ最適な対処法だが、今は俺一人しかいない。

スライムに一度まとわりつかれた者の末路は悲惨の一言だ。生きたままじわじわと皮膚や肉や骨を溶かされ、その傷口から体内に侵入され、今度は内側から体を喰われる。

錬金術師連中によれば、こいつらの体を形成する粘液は、獲物をなるべく新鮮な状態で捕食するため、微量な麻酔成分と止血成分を含んでいるらしく、溶かしながらも生かさず殺さずを保《たも》つそうだ。まさしく生き地獄と呼んで差し支えない。

運よく顔を包み込まれるのならば苦しむ時間はそう長くないが、現状のように、足や腹の傷口に食いつかれ、魔法に頼れないのであれば、手段は一つしかない。

喰われた部位ごと、切断する。

それが、最悪の中で唯一選べる、合理的にして最適な対処法だ。

体の一部を失ってまで、生き延びた同業者を、俺は実際に知っている。

「……くそ」

……最適解を知っていたとして、それをすぐさま実行できれば、どれほど楽か。

右腕を切り落として生き延びたところで、冒険者として死んだも同然なのに。

……そもそも、俺にとってはそれ以前の問題だった。

消耗しすぎていて、体がまともに動かないのだ。右腕を切り離す覚悟ができても、肝心の剣が手元にないし、あったとしても握る握力が残っていない。

両手とも、指先を小さく動かすのが、せいぜいだった。

『ふむ、ようやっと神経がつながったか』

その時、聞き慣れない声が耳に飛び込んできた。低く、ずんと響く男性の声。

『だが、まだ動かさんほうがいいだろう。体力の消耗は、わずかながらでも防ぐほうが賢明である』

「……っ、誰だ、誰が……いや、誰でもいい、右腕を、斬って……」

俺は、もうその声の主がスライムを何とかしてくれることを祈るしかなかった。姿は見えない、だが、幻聴でなければ、確かに、誰かがそこにいるのだ。

しかし帰ってきた答えは、予想のつかないものだった。

『馬鹿なことを言うな、せっかく繋《つな》いでやったのだぞ。我輩の三日間の努力を無に返すつもりか』

「……は？」

そう言われて、ようやく頭に血が回ってきた。

そうだ、そもそも俺の右腕は、ヒドラに噛みちぎられたのだ。

ぶつりと肘から先が消失する感覚を、その瞬間思い出した。

それは同時に、なぜ今、右腕に感覚が残っていて、指先を動かせたのかという疑問に変化する。

『逸《はや》る気持ちはわからんでもないが、あと二日はこうしてもらうぞ、小僧』

うぞうぞと俺の右肘に取り付いてうごめくスライム。

……声はそこから聞こえてきた。

「は——？」

疑問が焦燥に変わり、焦燥が混乱に変わる。

脳の容量が埋め尽くされて、処理が完全に止まったところで、

「あ、アオ、起きましたか？」

わしゃわしゃと草木を掻《か》き分けて、現れたそいつに対し——

「ぎゃーーーーーーーーーーーーーーー！」

「きゃーーーーーーーーーーーーーーー!?」

反射的に、全力で叫んでしまった。

不意打ちの絶叫に相手もつられて悲鳴があがる。もう滅茶苦茶《めちゃくちゃ》だ。

尻餅《もち》をついて、恨みがましくこちらを睨《にら》んできたのは、飴《あめ》細工の糸を束ねたような、きらきらと光る金髪の、若い女だった。


「お礼は言われる気満々でしたけど、悲鳴を上げられるとは思いませんでした」

むすっとした表情のまま、女は手際《てぎわ》よく作業をこなしていく。

極端に甘かったり、苦味と酸味がきつかったりと、合理性を常《つね》とする冒険者の間でもなお、なるべく口にしたくないことで有名な果実だった。厄介なことに栄養価は高く毒もないので、非常食としては適している。

ナイフでそれらを細かく刻んで、小型の鍋に入れて火にかける。しばらくすれば水分が滲《にじ》み出し、煮詰まっていく。

「……別に喋《しゃべ》れないなら喋らなくてもいいですけどぉ」

女は俺が返事をしないことが不満なのか、鍋の中身を混ぜる、俺を睨む、を交互に繰り返す。

やがて鍋からほのかに甘い匂いが漂いだした。完全に火が通り、果肉が完全に溶けてねっとりとしたスープに変貌した。

女はそれを器によそうと、木の匙《さじ》を手に、俺に近づいてきた。

「はい、あーんしてください、あーん」

「………………っ」

匙ですくった果実のポタージュを口元に近づけてくる、こんな屈辱が他にあるか？

というか、普通に沸騰したばかりのそれは顔に寄せられるとシンプルに熱い。

しばらく拒んでいると、女は顔をより不機嫌そうにしながら一歩下がり、いったん匙を器に戻した。

「……お前ら」

そこまで確認し、いい加減、状況をはっきりさせたいと俺が口を開いた瞬間――

「えいっ！」

「一体何もがあっづ⁉」

狙ってましたと言わんばかりに口の中に匙がねじ込まれた。高温かつ粘度の高い、液体が口腔《こうくう》を満たし、吐き出そうにもそのまま顎を押さえられ、ずるりと喉を駆け抜けていく。

「ぐおああああああ！」

「えいっ、えいっ、えいっ」

そもそも体が動かせない状態なので、後はもう一方的に流し込まれるだけになった。

冷めてきたら冷めてきたで、今度は甘みと酸味と苦味が絶妙に入り交ざった味がわかるようになってきた。やけどするか、舌が不快になるかの二択を押し付けられ、中身が全てなくなる頃には、もう完全に抵抗する気力を失っていた。

栄養補給をしたはずなのに力尽きた俺を眺めながら、女は不機嫌そうな顔を崩さない。

「あなたが言うべき第一声は、助けてくれてありがとうございます、だと思うんですけどぉ？」

「俺が今されたのは拷問じゃなかったのか……？」

「百歩譲って拷問だとしても、右腕の治療と食事の面倒を見てあげたんじゃないですか」

「ぐっ……」

それは確かにその通りで……客観的に見たら俺は『助けられた』ということになるんだろう。

ただ状況が状況なだけに、素直に受け入れがたいと言うか、こいつらの目的がわからないし。ほら、拷問する捕虜を殺さないために最低限生かすための処置とかはするし……。

「何者かと聞かれたら、私たちは《冒険依頼《クエスト》》を受けて来たんですけれども」

そう言いながら、女は自分の分の果実ポタージュを口に含んで、うぇ、と舌を出して顔をしかめていた。

……見れば見るほどらしくない女だった。

右手に《秘輝石《スフィア》》があるので冒険者であることは間違いないのだが、それにしては身に纏《まと》っているゆったりとしたローブは、上等な生地に金糸で凝った刺繍《ししゅう》を施した、貴族の令嬢が着ているような一品だし、羽織っているケープも同様だ。

旅使いするような服でもなければ戦闘に着ていくべきものでもない。

身体能力に劣る魔導士《ウィザード》だって魔物の住《す》み処《か》に入るなら、内側に革鎧《よろい》ぐらいは着込む。

枯れ葉や埃《ほこり》がついている気配がないので、多分見た目を維持するための魔法か、似たような効果がある特殊な生地でできているはずで……この衣類一式で、一財産になりそうだ。

「無謀にもヒドラに挑んだ四人組のパーティが、一人を置きざりにしてボロボロになってギルドに帰還したので、現地で何があったか調査し、可能なら遺品を持ち帰れ、という《冒険依頼《クエスト》》でした」

俺が観察していることに気付いたらしく、じと、と睨むような視線を向けられた。

そのパーティは間違いなく俺たちのことで、つまりこの女は敗戦した俺たちに何があったかを調べに来たのだ。

……仲間たちが無事に街まで戻れたということで、それに関しちゃ安心したが。

「……ヒドラの巣に、お前一人で来たって？」

「一人じゃないですよ、アオがいます」

俺の疑問に、女は指さして答えた。

今も、俺の右肘には青色のスライムが纏わりついている。半透明なその体の向こうには、まだ生々しい自分の傷跡が見える。

「これを数に入れるのか……もしヒドラが生きてたらどうするつもりだったんだ」

もし、というか状況的にはその可能性のほうが高いだろうに。

『問題ない、仮にヒドラが生きていたとしても、お嬢の敵ではない』

口を挟んできたのは、そのスライムだった。口といえる部位は見えないが。

スライムが喋《しゃべ》っているという現象そのものにも物申したいが……。

「はあ？　言っとくけどな、ただのヒドラじゃなかったんだぞ。尻尾の先端にも首がついてやがった……三ツ首だったんだ、こいつ」

俺たちも、ただヒドラに蹂躙《じゅうりん》されたわけではない。二つの頭が、それぞれどう動き、何をするか、ちゃんと把握しながら戦っていた。

ただ……尾から伸びた三つ目の首を想定していなかった。奴は周到にも戦いが始まってからしばらくの間、切り札を隠し続け、ここぞというタイミングで奇襲をしかけてきたのだ。

弓使いと魔道士、後衛の二人が猛毒のブレスを浴びたことで、支援が途切れ前線を維持できなくなった結果が、このザマだ。

「あー、突然変異でしたか」

『なるほど、四人では手に余るはずだな』

……二人（?）は特に驚いた風もなかった。酒場で最近来なくなった冒険者が結婚して引退したらしい、という話を聞いた時ぐらいの、大雑把《おおざっぱ》な感想だった。

『さておき、貴様はその数に含めるなといったスライムに治療を受けているのだ、もう少し敬意を払ってはどうか』

スライム本人……本人と言っていいのかはわからないが……が言った。

『体質を細胞分裂促進作用のある培養液に変化させてまる三日、余計な細胞を喰い、患部を殺菌消毒。我輩、貴様の為に尽力してやっているのであるがな』

どこから発声しているのかは見当もつかないが、確かに声が聞こえる。

酒場で人に話したら、俺の頭がおかしくなったと思われるんじゃないか。

『我輩らがいなければ、今頃貴様は、ヒドラがいなくなったことに気付き、縄張りを荒らしに来る魔物たちの良い餌であったのだからな。もう少し感謝をせよ、感謝を』

それを言われてしまえば、もうぐうの音も出ない。経緯はどうであれ、こいつらは俺たちの失敗の尻拭いに来たのだ。

警戒心は半ば無意味で、つまり、単なる意地の問題だった。

コイツらが何者で何を企《たくら》んでいようと、俺は抵抗できないし、何かされるなら、もうとっくにされている。

「では、いくつか確認したいんですけど」

女は道具袋から、折りたたまれた茶色い用紙を取り出した。ギルドが《冒険依頼《クエスト》》を出すときに使用するもので、無駄に頑丈で燃やしても沈めても変化がない。

「身長百七十センチ、瞳の色は赤、毛髪は白――」

俺の身体特徴――ギルドに登録されている個人情報を羅列し、本人照合を行っていく。

「しかし、白髪は珍しいですねえ、赤い瞳も東方大陸《トミトア》ぐらいでしか見ませんのに」

「……やめろ、外見の話は」

「あら、これは失礼。ではですね、お名前を聞かせてもらってもいいですか？　これでもし、探してる人と別人だったら悲しすぎるので」

思い込み、というやつは何より怖い。大体、大きなトラブルというのは、『そうに決まっている』

という決めつけの積み重ねで起こるのだ。特に、肝心な場面でこそ。

俺だって冒険者だからそれぐらい……つまり本人確認の意義ぐらいは理解している。

しているが、言いたくない事だってある。

「……ハクラ」

「出身地名《ホームネーム》は？」

ぼかした部分――自分がどこで生まれたかを示す出身地名――に言及され、舌打ちをする。

ギルドは正規での名称登録を重んじるので、用紙にはまさしく俺のフルネームが明記されているだろうし、隠す意味も実のところはないのだ。単なる習慣と、悪癖だ。

ただ、自分の名前がとてつもなく嫌いなだけだ。

苦々しく、言い直した。

「………ハクラ・イスティラ」

『ふむ？　イスティラ……西の魔女の牢獄《ろうごく》か。なかなか妙な所から来たのだな、小僧』

俺の出身地名……冒険者になってから今まで、極力隠し続けてきたそれに深く言及してきたのは、あろうことか、このスライムが初めてだった。

『贄《にえ》や道具として人間を飼い殺しにする魔女は多いが、その家畜小屋の規模を街と呼べる大きさまで拡大させた者は限られる。人繭《ひとまゆ》のセリセリセ、蠱毒城塞《リリッケリッケ》のカーネリ、酷嬢《クルーエル》のイスティラ、どれも最悪の魔女と呼んでいい悪魔以上の悪魔ばかりよ。よくぞ鳥籠から抜け出せたものだな、小僧』

「……随分と詳しいんだな」

人に言いたくない出自の話を、ぺらぺらと、それも粘性生物にされるとは思わなかった。

『そう睨むな。別に流布しようとも思わぬ。普通の人間ならばわからぬことだし、それを秘そうとした貴様は正しい』

「……くそ、つーか、お前の名前は」

「はい？」

きょとん、というか、ぽかんとした顔だった。

可愛《かわい》く首を傾《かし》げる様が、あまりに似合いすぎていて腹が立つ。

「何だその質問は全く想定してなかったみたいな顔はよ！　お前の名前だよ！」

「全く想定してませんでした……」

「ひっぱたくぞこの女ァ！」

「はあー？　聞こえませーん、女じゃありませーん！　ちゃんと名前がありますー！」

「だからその名前を教えろっつって痛ってえええええ！」

『大声を出すな小僧、そして大声を出させるなお嬢』

叫んだ衝撃で全身に走る痛みに震える俺を見て、この女、「あ、やり過ぎちゃった」と呟いた。

「冗談ですよ、冗談。こっちはアオ、私の旅の道連れです」

うすうす察してはいたが、やはりアオ、と先ほどから呼んでいたのは会話の流れ的にもこのスライムのことだったようだ。

固有の名前を持ち、人語を理解どころか、常人が知る由もない魔女の街の知識を有し、俺の治療を自らの意志で行うことのできるこいつを、スライムと分類していいのなら、だが。

「で、お前の名前は？」

「秘密です」

人さし指を口の前に立てて、パチンとウインクされた。

ブチッ

数秒して、女の顔が強張《こわば》った。俺の形相の変化を見て取って、怒りが本気だと理解したらしい。

「違います違います落ち着いてください、手順というものがあるんですってば」

「俺に残された手順はお前をしばき倒して亡き者にすることだけだ」

「その怪我《けが》でそんなことしたら本当に死んじゃいますよ！」

「お前を消せるなら本望だ」

「そのレベルの逆鱗《げきりん》だったんですか⁉」

繰り返すが、俺は自分の名前が嫌いであり、口にするのも嫌だ。

事情が事情なので自らそれを言わざるを得なかった。それは仕方ない。

だが、その果てに自分は名乗らないなどという舐《な》めた真似《まね》をする奴を許してはおけない。命は救われたかもしれないが、だからおちょくられて良いかというのは別問題だ。

本当に立ち上がりかねないと思ったのか、冷や汗をダラダラと流しながら女は言った。

「出身地名《ホームネーム》はリングリーン、知り合いからは、もっぱらリーンと呼ばれています」

「……リングリーン？」

「です、聞き覚えぐらいはあるのでは？」

女……自称リーンは得意げに胸を張った、が……。

「そりゃ知ってるは知ってるよ、けどおとぎ話だろ」

それはどの大陸のどんな地方にも、形はどうあれ伝わっている童話の主人公の名前であり……。

「リングリーンの魔女なんざ」

世界で唯一、善良を成した魔女、とも呼ばれている。

『おとぎ話ではない。お嬢はリングリーンの直系、南の最果てに住まう原初の魔女の後継者だ』

先ほどから俺が怒りに身を任せようとするたびに、地味に右腕を締め付けてきていたスライムが口（は見えないが）を挟んできた。

『故に我輩はお嬢の眷属《けんぞく》であり、竜を従えた魔女の子孫なのだ。スライム一匹従えられぬ道理はあるまいよ』

「………」

リングリーン。

初めてこの世界に現れた、原初の魔女。

黒き竜が生み出した邪悪なる『魔物』という生物たちを、説き伏せ、導き、従えて、強大なる蒼《あお》き竜の加護を受け、共に戦いこれを討ち滅ぼした……なんてのも、ガキの頃に読んだ童話とか、吟遊詩人が酒の席で語っているのを飯の片手間に聞いたぐらいで、細かい内容なんざ覚えちゃいないぐらいのもんだ。

「俺がその名前を聞いたのは、作り話の中だけだ」

「はあ、随分とお耳が悪いご様子ですね。実は今も私の声が聞こえていないのでは？」

「このタイミングでなんでそんな罵倒《ばとう》ができるんだお前」

「私が名乗ってそのリアクションを返してきたのはあなたで記念すべき三百六十八人目だからですよ」

「数えてんのか全部」

この女、俺が思っているよりかなり執念深い性格なのかもしれない。

「それと」

じぃ、と目を細めて、リーンは俺を睨んだ。

「話をするときはちゃんと人の顔を見てください」

その言葉は無視して、俺は目を背けた。

異様な執念を感じる……というか普通に恐ろしい。

取りあえず名乗るつもりはないようで、それはつまり俺からすれば信用するわけにはいかない、ということだ。

確かに、気になる女ではあるのだが……。

「……じゃあ、リングリーン」

「知り合いには、もっぱらリーンと呼ばれています」

「……リングリーン、お前」

「リーンと、呼ばれています」

「…………………リーン」

数秒睨み合い、俺が折れた。なんだこの屈辱は。

『お嬢、楽しく話しているところすまないが』

ふいに、スライム（名前はわかったが、固有名詞として呼ぶのがなぜかすごく嫌だった）が言った。

「はい？」

『客のようであるが』

「っ⁉」

この時点で——俺は自分がどれだけ消耗していて、注意力散漫だったかを理解した。

言われて耳をすませば、はっきりわかる。枯れ葉を踏みしめる小さな音、喉の奥から隠しきれない唸《うな》り声、ポタポタと水滴の垂れる音。

こちらが気付いたことに、向こうも気付いたのだろう、気配を隠すこともしない……クソ、この感じだと、十頭近くいるか。

「……マジかよ」

俺が呟くと同時、そいつらは姿を現した。

市井《しせい》で飼われている犬なんぞ問題にならない、二メートル超えの体軀《たいく》。

爪は長く、牙はそれより鋭く研がれ、双眸《そうぼう》をらんらんと光らせる頭部は、何の因果かヒドラと同じ二つ。

「双頭狼《オルトロス》……！」

魔素の影響で魔物化した狼《おおかみ》が、ぐるりと俺たちを取り囲む。

一匹につき、首から枝分かれした二つの頭部が、合計四つの瞳でもって、舐《な》め回すように俺たちを観察している。

スライムが懸念した通り、俺とヒドラが戦った後の血の匂いを嗅ぎつけて、とうとうやってきたのだろう。

万全の状態で、装備がちゃんとあっても、この数を相手にするのはかなりの手間だ。

だってのに、今は武器もなければ体も動かない……リーンはどう考えても、最前衛で敵を引き付ける前衛職ではない。

冒険者である以上、戦えないことはないだろうが、それでも後衛職なのは装備からもわかる。四方八方から襲いかかられたら、対処できるわけがない。

「……今すぐ逃げろ」

「はい？」

「俺が食われてる間に、できるだけ遠くにだ」

抵抗して逃げる獲物と、動かず抵抗不能な獲物。

何匹かはこっちで引きつけられるだろう、残りは自分で対処してもらうしかないが、この場で二人とも食われるよりマシなはずだ。

もっとも、騒ぎを嗅《か》ぎつけた森の魔物が、また襲ってこないとは限らないが……。

「え、ハクラ、食べられたいんですか？」

人が覚悟を決めて吐き出した言葉に、リーンはまたもきょとんと首を傾げ、この期に及んですっとぼけたことをのたまった。

「俺が囮になってる間に逃げろっつってんだよわかれよ！　オルトロスがどういう魔物かも知らねえのか！」

「む、誰に向かってものを言ってるんです」

その顔に危機感は一切窺えず、全く動揺していない。

焦《あせ》っている俺のほうがおかしいかのようだ。

『まあ黙って見ていろ、小僧』

その疑問に答えたのは、右腕からの声だった。

『不思議に思わんか？　お嬢はどうやってこの森の奥地まで来て、どうやって貴様の食う食料を集めて回っていたのだと思う？』

「……あ？」

真っ先に浮かぶべき疑問を、リーンがあまりに堂々としているが故に抱いていなかったことに、俺はこの瞬間、ようやく気付いた。

ヒドラの巣で壊滅した冒険者のパーティの事後調査の依頼。

ギルドが女一人《ソロ》の冒険者に、そんなもんを任せるわけがない。

リーンは、俺たちを囲んだオルトロスの中でとひときわ大きな個体……群れのリーダーなのだろう……に無警戒に近寄った。

「お、おい馬鹿！」

それに合わせるようにして、オルトロスが動いた。

瞬《まばた》きした直後には、そのか細い喉を食いちぎられていても、おかしくない――。

「ハッハッハッハッハッハッハッ」

「……あ？」

そう思ったのに。

……信じられなかった。

オルトロスは凶悪な魔物だ。肉食、獰猛、群れで狩猟する生粋のハンターだ。

無防備な人間なんて、まさに格好の獲物のはずだ。まして連中の目の前にあるのは、若い女の柔らかい肉だ、何を差し置いても飛びつくご馳走《ちそう》のはずなのに。

「よしよし、いい子ですね」

それが今、まるで飼い犬か何かのように頭を差し出し、撫《な》でられるがままになっている。気持ち良さそうに目を細め、口元に近づけられた手を、ぺろりと舐めさえする。

『お嬢は、あらゆる魔物を従えた原初の魔女、リングリーンの直系、その正当なる後継者……即《すなわ》ち〝魔物使いの娘〟である』

得意げに、スライムは告げる。

『魔物はお嬢の敵ではない。従順なる眷属《けんぞく》である。あらゆる魔物は、お嬢に従い尽くす。我輩は勿論《もちろん》、腹を空《す》かせたオルトロスも、喰うに喰い尽くしよく肥えた突然変異のヒドラでもな』

バウ、とオルトロスのボスが一声吠《ほ》えると、俺たちを囲んでいた群れが背を向けて、潮が引くように去っていった。数分前の緊張感は消え失《う》せて、嘘《うそ》のような静寂が戻ってきた。

「ヒドラがいなくなったのを見に来たみたいでしたね。もう死んでしまったので、縄張りにするならご自由に、って伝えたら、喜んでました」

なんでもないように戻ってきたリーンは、笑いながらそう言った。

「伝えたら、って、まるで魔物と会話してるみたいな――」

「はあ、普通の人はできないんですよね」

そこでようやく、この女が一人でここまで来ることができた理由を理解できた。

ヒドラの生死は、関係なかったのだ。そもそも襲われることがないし、まして依頼は事件の経緯と冒険者の末路を探ることだ。

この女は俺が死んでいる前提で、最初から当事者であるヒドラに話を聞くつもりだったのか。

「ハクラが動けるようになるまでは、ここにいてもよいそうです。よかったですねー、あの子たちが話がわかる子たちで」

リーンは、満面の笑みを浮かべた。洒落《しゃれ》にならないことに、小憎たらしいほど美しく、愛らしい表情だった。

「さてさて？　なにか私に言う事があるんじゃありませんか？」

俺がずっと、意識的に見ないようにと背けていた顔を、リーンは摑《つか》んで、ぐいっと己に向き直させた。

目が合う。じいっとこちらを見る瞳は、透き通った緑色をしている。

陽光を受けて、葉から滴り落ちる朝露の雫《しずく》は、きっとこんな色をしているに違いない。

きらきらと輝いて、宝石以上に澄み渡り、見つめたものを魅了して、心を奪って惹《ひ》きつける、世界に一つしかない翠《すい》玉色。

初めてリーンを認識したその時から、多分これを見つめてしまったら、俺は負ける、と思っていたから、見ないようにしていたのだ。

リーンがどれだけのことをしても、全て許して両手を上げてその言い分を聞き入れてしまいそうになるから、見たくなかったのだ。

「……ドーモアリカトウゴザイマス」

「うわ、ここまで気持ちのこもってない感謝は久々に聞きましたよ……」

リーンは呆《あき》れたように呟いて、俺の顔を解放した。

『お嬢、わかっててやっているな』

「ええ、まあ」

そして、ふふ、と楽しそうに笑った。

「私の瞳は、綺麗《きれい》でしょう？　見惚《みと》れちゃいました？」

どうやら、この女はちゃんと自分の魅力というものを理解しているらしい。
体の一つも満足に動けば、叩《はた》き倒してやるのだが。
何にせよ、俺とリーンの出会いは、命を救われ、一方的に介護される形で始まった。

Monster Master Girl

~Green-eyed girl~

第一章

生きるということ

Monster Master Girl

~Green-eyed girl~

生きる為に喰《く》う。全生命、万物が当たり前のようにそれを行う。

産むために生きる。すべての生命は、結局のところ、命のバトンをつなぐ為にある。

運が悪くて、間が悪くて、それを誰かのせいにしなくては、納得できなかった。

だから、今回の一件で悪かったのは、多分誰でもなかったのだろう。

○

「はぁ…………………」

「ま、まあ、そんなに気を落とさなくてもいいじゃないですか！」

お嬢の対面に座った小僧は、見ている者の具合が悪くなりそうなほど落胆し、肩を落としていた。

「回復まで時間もかかりましたし、ギルドも生きてるとは思ってなかったですし、私だって食べられてるんだろうなーって考えていたぐらいですから、仕方ないですよ、ねっ？」

その落ち込み方がどれほど凄《すさ》まじいかと言えば、他人に気を使うなどという行為を、その短い人生の中でも指折る程度にしかしたことのない、傍若無人《ぼうじゃくぶじん》の権化のようなお嬢が、必死に言葉を尽くして慰めようとしているのだから相当だ。

「リーン」

「はい」

「今すぐ黙るか死んでくれ……」

「返答が心無い二択過ぎませんか！」

小僧が意識を取り戻してから、立ち上がり動けるようになるまで、さらに五日を要した。

とは言うものの、この場合はたったそれだけの日数で活動できるレベルに回復した小僧を褒めるべきか。まだ若い戦士ではあるが、《秘輝石《スフィア》》がしっかりと馴染《なじ》んでいるようだ。

それからさらにさらに時間をかけて、小僧たちが拠点にしているエスマの街に戻ったのがついさっき。

仲間と合流しに向かった小僧を待っていたのは、ギルドから『生きてるとは思わなかった、死亡登録を取り消しておきます』という事務的なセリフと、『あなたの仲間達は既にエスマを発《た》ちました』という絶望的な通知であった。

……あのヒドラ相手に一人立ち向かい、精霊週《ウィーク》がひとつ巡っても戻ってこなければ誰もがまさか生きてるとは思うまいし、そもそもお嬢ですら《冒険依頼《クエスト》》を受けた時点で生存は絶望視していたし。

なにより小僧は仲間を逃がす為に勇敢に殿《しんがり》を務めたわけであるが、逆に言うとその他の連中は仲間一人見捨てておめおめと逃げ帰ったとも言えるわけで、評判が直に響く冒険者業において、同じ街にとどまり続けるのは、些《いささ》か座りも悪かろう。

新天地求めて旅立つ方が、合理的である。

「もー、死んだリビングデッドみたいにされるとこっちも滅入《めい》っちゃいますよ、行き先とかわからないんですか？」

「いや、リビングデッドは死んでるだろ……」

律義に言いながら、小僧は頭を掻《か》いた。

「ってもな……金が貯《た》まったら港町《クローベル》まで行こうかとは話してたけど、あっちじゃ競争も激しいからな、後衛を前衛二人で守る戦い方してたから……俺抜きでどうしてんのか正直わからん」

「ちゃっかり新しい前衛を確保してるかもしれないじゃないですか」

「お前マジぶん殴るぞ」

「やー、暴力はんたーい。ほら、ここは私が奢《おご》ってあげますから、好きなもの食べていいんですよ？あ、給仕さん、同じのもらえます？」

お嬢が声をかけたのは、白いエプロンをつけてせかせか働いていた二足歩行の犬であった。

耳をピクリとあげて、てこてこ近づいてきたのは……犬型の魔物である、コボルドだった。

先のオルトロスと原種が同じだとは思えないほど、愛嬌《あいきょう》のある顔でくぅんと鳴くと、注文を受け、伝票を切ってテーブルに置いて、忙しそうに厨房《ちゅうぼう》に戻ってゆく。

「……あいつら、人間の言葉わかってんのかな」

「大まかにはわかるはずですよ、コボルドって結構頭いいんですから。ちゃんと仕込めばそれなりになります」

魔物は魔素のない所では生きられぬ。人間は魔素の満ちた場所では生きられぬ。

つまり人間の生息域と魔物の生息域はしっかりと隔てられているのだが、コボルドを始めとした『弱い魔物』は人里の少ない魔素で生きていける種もいて、場合によっては共存できる。

故に、飼いコボルドはそこまで希少な存在ではないが、飯処《めしどころ》で客の言葉を理解し、金銭のやり取りができるところを見ると相当教育されているようだ。我輩ほどではないが。

まあそれはさておき。

「ほらほら、スペアリブ、美味《おい》しいですよ？　お腹《なか》いっぱい食べればやなことも忘れられますって」

「……お前それ本当に慰めてるつもりか？」

「む、善意の申し出をそう返されるとさすがの私もムカッとしますけど」

お嬢の気遣いは砂漠の水たまりより底が浅いので、そろそろ枯れ果てる頃合いだろう。

が、小僧が怒ってるのはそういうことではなく。

「お前が出すその金は俺が仕留めたヒドラから出たんだろうがっつってんだよ！」

小僧のパーティが引き受けていたヒドラ討伐の《冒険依頼《クエスト》》は、小僧の仲間たちがギルドに駆け込み、失敗報告をした時点で消滅している。故に当然報酬もない。

そしてお嬢が引き受けたのは、ヒドラの現状確認と残された小僧の安否確認（実質、遺体確認が目的だったが）の《冒険依頼《クエスト》》であり、それは見事に達成された。

つまり儲《もう》けを得たのは小僧ではなく、それを連れ帰ったお嬢である。

さらに仕留めたヒドラの首……は大きすぎたので、しれっと瞳をくり抜いて、討伐の証明として提出したわけだ。

いけしゃあしゃあと『深手を負っていたのでとどめを刺しました、事件解決分の報酬をよこせ、異常個体だったから増額でいいですよ！』と言い切り、ギルドとの交渉の末に、小僧たちが得られるはずだったヒドラの討伐報酬の、実に六割を手にしたのである。

他人の手柄をかすめるどころではない、ほとんど強盗である。少なくとも正常な倫理観を持っている人間はこんなことしない。そしてお嬢の倫理観は一般のそれとは異なる。

「命あっての物種じゃないですか、ハクラ、ちょっと贅沢《ぜいたく》なんじゃないですか?」

「それをよりによって当事者から言われるのが我慢ならねえということがわからんようだな……」

「でも私が行かなかったらハクラは今頃オルトロスたちの餌なわけですし? そもそもご飯を探して食べさせてあげて、ずーっと献身的に介護してたのは私なんですから、その分の報酬を頂いて何が悪いと言うんですか」

「ちったあ悪びれろっつってんだよ!」

二人の口論はそれからしばらく続いた。我輩はお嬢が食べ終わったスペアリブの骨を与えられるのを期待していたが、もう少し先の話になりそうだ。


「さて、それじゃ行きましょうか」

食事を終えて、お嬢が言った。

「あーそうかい、元気でな」

疲れ切った顔で小僧が手を振った。うむ、この男はまだお嬢の図々《ずうずう》しさを理解していないようだ。非常に羨《うらや》ましい。

「何言ってるんですか、ハクラも来るんですよ」

「これ以上俺に何させるつもりだお前」

「え、じゃあ単独《ソロ》活動するんですか?」

「当たり前のように俺がついていく前提で話すんなっつってんだよ!」

小僧の額に青筋が浮かぶ。お嬢の物言いはとにかく相手の意思を尊重しないので、会話の相手は大体こうなるのだが。

「だってハクラ、他のパーティに交ぜてもらえないでしょう? 今更」

「うぐ……っ」

お嬢は全く言葉を選ばずに言うが、恐らく図星なのだろう。

小僧は何かしら言い返したいが、言い返す言葉が見当たらないようで、口をぱくぱくと開いては閉じた。

冒険者は群れる。普通なら四人前後、最低でも二人、規模が大きい商隊《キャラバン》や集団《コミュニティ》ともなれば何十、何百人という単位でパーティを形成する。

なぜかと言えば一人旅はリスクが高く、《冒険依頼《クエスト》》には危険が伴う故に、複数人の方が様々な問題に対処しやすく、多数の力は個に勝るからだ。

人間にはできることとできないことがあり、自分ができないことを他人に任せ、代わりに他人ができないことを自分がやる。

命懸けで魔物と戦い、迷宮《ダンジョン》に押し入り、名声と富を得ようという即物的な者たちではあるが、それ故に冒険者というのは徹底的な合理主義者であり、効率と実利を求める。

なので、ギルドも、『お嬢のような』よほどの例外でないのなら、単独の冒険者に儲《もう》けのいい(つまり困難な）依頼を渡すことはなく、街と街の間で何らかの届け物をするだとか、野犬が出たから追い払えだとか、防壁の外側で見回りだとか、やり甲斐《がい》と実入りのない仕事しか残らない。

ギルドとしても、その手足として動く冒険者の頭数が減るのは好ましくないので、そういった冒険者たちをカテゴリ別にまとめてパーティを組ませるシステムが存在してはいる。

生存率と《冒険依頼《クエスト》》の成功率を高める為に様々な方策を練っているわけだ。それは短ければ依頼一回で解散し、長ければ一生続くこともある。

だが小僧の場合、不幸があったとはいえ、仲間たちは生きている。そしてできることならば合流したいと思っている。

その状態では他のパーティに参加しづらいし、短期のパーティはシステムとしては確かに合理的なのだが、その場限りの付き合いということもあり、メンバー同士の信頼を十分培うことは難しい。分前で争いが発生したり、儲けと負担が割に合わないことも多々あるものだ……お嬢はその弱みを、正確に理解し、突こうとしている。

「私、あと二つぐらい《冒険依頼《クエスト》》を済ませたら、港町に行くつもりなんです。そこまでの臨時パーティということでどうでしょう？」

「…………分前は」

長い葛藤の末、小僧は口を開いた。

「九対一で」

「どんな下手くそな詐欺師でもその条件は持ちかけねえだろ！」

それは我輩も本当にそう思う。が、お嬢は笑顔のまま言い放つ。

「冗談ですよー、そうですね。八対二ぐらいでどうでしょう」

「何を妥協してその数字が妥当だと思ったんだお前」

「だってハクラがいなくても私の《冒険依頼《クエスト》》には問題ないですもん」

小僧が、ぐ、と声が詰まる。

《冒険依頼《クエスト》》の大半は魔物との戦いである。生息域に踏み入って素材を調達する過程であったり、討伐することそのものが目的であったりと経緯はさまざまであるが。

だから冒険者は武器を揃《そろ》え、技術を鍛え、能力を高めて事に当たる。直接戦って殺すのが基本である。

だがお嬢は、戦闘力とは関係なく、魔物であるならば無条件で屈服させられる。つまり戦う必要がなく、《冒険依頼《クエスト》》が失敗する心配もない。

こと魔物の対処に関して、お嬢一人いれば事足りるのだから、同行者は《冒険依頼《クエスト》》の解決の役に立たず、故に分け前も減るのが道理というわけだ。

とはいえ。

「じゃあ俺がついていく必要ねえじゃねえか」

まあこうなる。

「私が強いのは魔物相手だけです、人間相手には無力ですよ」

それにほら、と言葉を続けた。

「私、若くて可愛《かわい》いじゃないですか、スタイルもいいし」

小僧がとんでもないものを見る目でお嬢を凝視し、次いで我輩を見た。

『諦めろ小僧、お嬢はこういう女だ』

「……つまり、野盗やら山賊相手のボディーガードをしろと？」

「あとは火の番、荷物持ち、見張りの交代とか、二人の方が楽でしょう？　そういうの」

つまり単純な人足というわけで、それは確かに合理的な話ではあるが、小僧は一人前の戦士であり、そういう仕事は冒険者なりたてのひよっこたちの役割である。

「んな下働き今更やってられるか！　だったら雑用を雇え！」

なので当然こういった反応が返ってくる。我輩とて騎士故に理解を示すが、さぞかしプライドを傷つけられたであろう。

お嬢は、人を怒らせることに関しては間違いなく天賦の才をもっている。しかもわざとやる、しっかりと筋道立ててやるから悪質だ。

お嬢は小僧の前で指を立てた。

「私について来てくれるなら、今回もらったヒドラの討伐報酬、ちょっと使っちゃいましたけど、残りを全部差し上げます。纏《まと》まったお金、必要ですよね？」

今度こそ、小僧が硬直した。

「一緒にいる間は、宿代と食事代も足代も、私が払ってあげます。もし悪漢に私が襲われて、ハクラが助けてくれたり、お役に立ってくれたら、報酬の割合も考慮します」

先の戦いで装備を全て……特に冒険者の命綱である武器を失っている小僧は、表情を固めたまま硬直した。プライドと実利を天秤《てんびん》にかけているのだろう。

小僧も場数をこなした冒険者なのだから、それなりに貯蓄はあるだろう。

それを崩せば、態勢を整え直すことはできるはずだ。

しかしながら、貯蓄しているということは何らかの目的でその金を貯《た》める理由があるということであり、貯蓄を崩すということは目標から遠ざかるという意味であり、そして残念なことに実用に耐えうる良い武器はべらぼうに高いのだ。

武器の性能は戦闘能力に直結し、戦闘能力は命に直結し、そして命より高いものはない。

お嬢が掲示した金額は、装備を整えて釣りが来るレベルである。本来パーティ四人で頭割りする報酬の六割なのだから、金額だけで考えれば小僧が本来手に入れられる額を上回る形になるはずである。

「……お前さあ」

「はい？」

「それを切り出す為に報酬横取りしたな……？」

「はい！」

お嬢は血も涙もない悪党ではないが、かといって別に人格者でもない。

つまり、お嬢の交渉は、『命を助けた礼ぐらいしろ』という意味なのだろう。

「……わかった、それでいい」

損得で見れば、小僧は得をしているのだが、お嬢の手のひらで転がされたのが釈然としないのだろう。その気持ちはよくわかるし、お嬢は間違いなく狙ってやっているので、苦虫を嚙《か》みつぶしたその顔を浮かべる権利はある。

「では、交渉成立ということで。よろしくお願いします、ハクラ」

反してお嬢は楽しそうだった。我輩としては小僧の機嫌よりお嬢の機嫌である。して、骨はまだ与えられないのだろうか。

◆

斜めに交差する剣と杖《つえ》の紋章が掲げられた建物は、世界各地に存在する。

ギルドというのは略称らしいが、誰も彼もがギルドと呼ぶので、俺は正式名称を知らない。

冒険者……定義としてはギルドが発行する《冒険依頼《クエスト》》を受けてそれを達成し、報酬を得ることで生計を立てている者たち……を世界中で統括・管理している組織だ。

世界各地に支部が存在し、魔物退治、素材の調達、商隊の護衛、肉体労働、その他諸々、人々の困り事を解決するために、日々さまざまな《冒険依頼《クエスト》》が発行されている。

俺もリーンも冒険者である以上、ギルドというものを中心に動かなければならないし、ギルドの命令には絶対服従だし、ギルドの方針は俺たちの方針となる。

そういう事を踏まえた上で、冒険者という奴の数は、ものすごく多い。

この近隣で最大の都市は東端にある港町クローベルだが、そのクローベルと他の街との中継点となっているのが、このエスマの街だ。

確か人口は三万人以上、人が多いところには問題も多く発生するため、ただでさえ多い冒険者の数は、一際《ひときわ》多くなる。

「うぇー、めんどくさーい。半分ぐらい何かしらの拍子に減りませんかねー」

「物騒なことをのたまうな」

なので、食事を終えて《冒険依頼《クエスト》》を受ける為、再度ギルドに訪れた俺たちを待っていたのは、長い行列と順番待ちの番号が書かれた札だ。

「三十分待ちぐらいですかねー、先に装備見て来たらどうです？　私、待ってますから」

「この街でここが一番悪漢が多い場所だと思うんだが、それはいいのか？」

リーンは目立つ。とにかく目立つ。報酬を受け取りにきた時も今も、誰かが通りすがったりする度に、あるいは遠目から――半数は下卑た視線で――眺められている。

認めたくないが、こいつの外見は、俺が見てきた中でも飛び抜けて美人だ。森では暗くてよく見えなかったが、明るい日の元に出てきたら、その具合がよくわかる。

肌は病的でない程度に白い、日に焼けることが常の冒険者では考えられない。

最初は珍しい程度の感想しか抱かなかった金髪も、陽光に照らされれば金糸よりもきらきら輝き、また驚くほど細く、リーンが動くたびにしゃらしゃら音を立てて揺れるものだから、見ているだけでその滑らかさがわかる。これも土埃《つちぼこり》に塗《まみ》れる冒険者の女には到底保つことなどかなわないはずだ。

そして何より、大きな両の瞳だ。

俺はこの目をなるべく見ないようにしているが、リーンと真正面から向き合って、顔を背けない奴《やつ》は、多分いない。それほどまでに……いっそ呪いか何かを秘めているのではないかと思うほど、その緑色は淡く輝き、澄んでいる。

じっと見つめられたら、あらゆる人間性を捨て去って、平伏しそうになる。

ともすれば何らかの事情で《冒険依頼《クエスト》》を持ち込んできた貴族の令嬢かなにかだと思われているだろう。そっちのほうがしっくりくるし、俺だって信じる。

右手の甲でキラリと輝く、エメラルドグリーンの《秘輝石《スフィア》》以外に、この女を冒険者だと認識できる要素がないのだ……そういや緑色の《秘輝石《スフィア》》も初めて見たな。

……まあここまで褒めておいてなんだが、この短い付き合いでもよく理解できるレベルで、性格の方面が致命的に褒められないので、天はちゃんとバランスを考えて人間を作っているのだなと思い知らされる。

「ハクラ、今すごい失礼なこと考えたでしょう」

『お嬢、おそらくだが今我輩と小僧の意見は完全に一致したと思う』

「え……と言うことはハクラ、私の事好きなんですか？」

「どんだけポジティブ方向に舵《かじ》振り切ればそうなるんだよ！」

好きか嫌いのどちらかを選べと言われたら迷わず嫌いに振り切るぞ。

「やーですねえ、照れちゃってえ」

「お前と出会う前と後で心から女を殴りたいと思った回数が既に前者を大幅に上回っているんだが……？」

「もう、そんなに言うなら」

リーンは体を前に倒し、俺を覗《のぞ》き込むように見た。

「ちゃんと、目を見て話してください」

……くそっ、顔を背けた、背けてしまった。

ちらりと横目でリーンを見ると、これ以上ないほど勝ち誇った顔をしていた。

「……つーかスライムはどこ行った？　さっき声したけど」

話題を変えるためもあるが、ついでに疑問に思っていた事を聞いた。

飯を食ってからこっち見かけなかったので、てっきり宿においてきたのかと思ったのだが。

『ここである、ここ』

「どこだよ」

「ここですここ」

言うやいなや、リーンはぐいっとケープをずらして、ローブの胸元を指で引っ張った。白い肌と、胸の肉が寄せ合いできた谷間の線が見えて、俺は再度目をそらした、何してんだこの女。

「にゃー」

目を細めて、笑いを声に出しやがった。完全に遊ばれている。

「ふふ、ハクラってば、可愛いですねえ、実は女の子に耐性がないとか？」

「うるせえ黙れ」

「実は童貞とか」

「うるせえ黙れ女がそういうこと言うなてめえはどうなんだよ！」

「はぁ？　ユニコーンも大歓喜の、貞淑なエリート処女ですけども」

「いろいろ言いたいことはあるが、あ？　誰が貞淑だこら」

「それはともかく」

自分をそう言い張るのが無理だと自覚があったのか、ざっくり話題を変えられた。

「アオはこれです、さすがに街中で連れ歩くわけにはいきませんからね」

リーンが胸元を見せたのは痴女だからではなく、先端に小さな青い球体のついたネックレスを示すためだったようだ。

一見、ただの色石《カラーストーン》のアクセサリーに見えるが、よく見れば液体のようなものが流動していて、中に二つの核があり、こちらを見ていることがわかった。

「……お前こんなに小さくなれんの？」

『省エネモードであるな、お嬢の力だが』

「《擬態魔法《トランスファ》》は魔物使いの娘の必修科目ですからね。自分に対しては使えないんですけど」

「お前、魔法刻《い》れてるのか……」

それならまあ、前衛を欲しがったのも納得がいくか……まあギルドの支部で魔物を連れてて、変な奴に絡《から》まれても面倒だし、これはこれで合理的か。

「お、ハクラの兄ちゃんじゃん、生きてたんだ」

「あ?」

不意に声をかけられて、俺はその方向に目をやった。

「……なんだ、ジーレか」

ギルドの雑用として雇われている、エスマの街の子供だ。ギルドに来るたびに顔を合わせていて、なんだかんだ知り合いになっちまった奴で……熟練した冒険者は中年が多いので、比較的年齢が近い俺と会話する機会が多かったとも言える。

「なんだとはなんだよ、《冒険依頼《クエスト》》失敗して死んだって聞いてたから、心配してたんだぜー、一応。アグロラさんたちは出ていっちゃったしさー」

「……アグロラたちはどこ行った?」

俺の知り合いということは仲間達の知り合いでもあるということだ。行き先を問うと、ジーレは首を横に振った。

「知らね、でもこの辺だとクローベルぐらいしか行くとこないんじゃねえの? 南に戻ってもいいことねえし、もうすぐユニカ祭りだし」

「……だよなあ」

大陸を出て行く選択肢まで考えると、やはり船が行き来するクローベルへと着地する。

「つーかハクラの兄ちゃん、その女の人誰? すっげえ美人だけど彼女?」

俺に対してどうこうというよりは、最初からそれが目的だったのだろう。ジーレは、先ほどからちらちらと見ていたリーンに話を向けた。

「うふふ、ありがとうございます。ジーレ君っていうんですか？」

「おう！　ジーレ・エスマっての！　よろしくな、美人の姉ちゃん！」

「リーンです、よろしくお願いしますね……ハクラ、いいですか？　こうやって素直に褒めてくれると、私もひねくれたりせず意地悪もしないいんですよ」

「つまりひねくれてる自覚も意地悪してる自覚もあるわけだな……」

俺の腹の底からの声は、どうやらすっげえ美人のリーン様には耳に合わなかったらしく、鮮やかに聞き流された。

「でもですね、彼女じゃないんですよ、短期の臨時パーティなんです」

「なぁんだ、そうだよなあ、ハクラの兄ちゃんとリーンの姉ちゃんじゃ全然これっぽっちも釣り合わないよな」

「表にでろクソガキ」

「いいですねー、子供は素直でー、うふふふ」

美人美人ともてはやされて、みるみる機嫌よくなっているリーンだが、反比例して俺のテンションは落ちていく。これ以上なにかあったらしゃらしゃら揺れる髪の毛を引っ張ってやろう。

「おっと、子供扱いすんなよな！　俺は今日から冒険者なんだぜ！」

しかしジーレ的にはその扱いが不満だったらしく、血の滲《にじ》んだ包帯の巻かれた右手を得意げに見せた。

「……お前、《秘輝石《スフィア》》入れたの？」

「おうよ！　やっと金が貯《た》まったんだ、長かったぜー！」

《秘輝石《スフィア》》。全ての冒険者の右手の甲で輝く、長さ四センチほどの、楕円形《だえんけい》の宝石。

これを埋め込むことは、冒険者である証明であり、ギルドへの服従を示すものでもある。

なぜギルドという組織が世界を股にかけて、国家の縛りを超えて展開できているのか。

その最大の理由が、この《秘輝石《スフィア》》にある。

《秘輝石《スフィア》》は神経系に根付き、体の一部となることで、身体能力を劇的に向上させる。

腕力、筋力、耐久力、再生力、反射神経、あらゆる能力が人間の枠を超え、『あるもの』と『ないもの』では別次元になる。

常人では到底使いこなせないような重たい武器も振るえるようになり、魔物の牙爪で致命傷を負わずに済み、五感が鋭くなり、極端な寒暖差にも耐えられる強靭《きょうじん》な体を得ることができる。

リーンがそうしているように、『魔法』だって、人によっては扱えるようになる。

一歩街の外に出れば、人間は魔物の脅威にさらされる。本来であれば勝ち目のない連中に……

《秘輝石《スフィア》》は戦うための力を与えてくれる。

空《から》の《秘輝石《スフィア》》は無色透明だが、体に定着して時間が経《た》つと、個々人によってその色を変える。

赤だったり青だったり、濃かったり薄かったり、もっと特別な変化をすることもある。

同じ色になることは一つとしてないらしく、ギルドはそのカラーを照合して、登録された冒険者の情報を記録・管理している。

どこで冒険者となったのか、どんな依頼を受けたことがあるのか、誰と組んだことがあり、何ができて何ができないのか、連中は全て知っている。

預金システムも《秘輝石《スフィア》》の照合によって成立している。ギルドを経由すれば世界各地どこでも自分の稼いだ金を引き出せるし、遺産相続などの特別なケースを除いて、本人以外がその金に触れることもできない。

そんな便利なアイテムであるところの《秘輝石《スフィア》》の製造と加工を、ギルドは完全に隠匿することで利権を確保している……つまり、どのような国家であっても、その恩恵に与《あず》かりたいのなら、ギルドに協力せざるを得ないのだ。

閑話休題。

要するに冒険者になる為には《秘輝石《スフィア》》が必要だということだ。

秘匿された製造方法とは裏腹に「空」の《秘輝石《スフィア》》は各地のギルドで購入できる。もちろん値段はそこそこ張るが、まあジーレのような駆け出しが下働きを続けて金を貯めれば買えるぐらいの額だ。上等な剣のほうがずっと高い。

右手の甲をナイフで軽く切り開き、《秘輝石《スフィア》》をその傷口に詰め込んで包帯を巻き、数日で傷と《秘輝石《スフィア》》が癒着すれば、晴れて冒険者が一人完成というわけだ。体に馴染《なじ》み始めれば顕著な身体機能の上昇を感じることができるだろう。

「そうですか、今日入れたばかり……」

「おう！　結構痛かったけど、まあ俺なら全然楽勝だぜ！」

得意げに笑うジーレの頭を、リーンは優しく撫《な》でて……柔らかく微笑《ほほえ》んだ。

生意気盛りの子供でも、年上の美人にこうされれば、まあ照れる。

「よく頑張りましたね、偉い偉い」

「だ、だから子供扱いすんなってば！」

「あら、ごめんなさい」

頬をわかりやすく赤くして、そっぽを向くジーレ。

その様子を眺めながら、俺はポーチから……戦闘用ではないので残っていた、現状の俺が持つ唯一の資産である、鞘《さや》の古ぼけた刃の短いナイフを取り出し、渡してやった。

「兄ちゃん？」

「餞別《せんべつ》だ、持ってけ。最初は色々金かかるしな……節約できるところはしていけよ」

対魔物用ではないとはいえ、立派な武器として使える刃。

それを手渡されたジーレは、一瞬呆《ほう》けた顔をしてから、嬉《うれ》しそうに笑った。

「サンキュー！　ハクラの兄ちゃん！」

ジーレにはジーレなりの夢があるのだろう、冒険者となって、一人の男として成し遂げたいことがあるに違いない。

冒険者は合理主義者だ。自分の得にならないことはしない、というのが鉄則だが、そんな心の冷めた連中も、一歩目を歩き出そうとする背中だけは、積極的に押してやろうとする風習がある。

かつて自分がそうしてもらったように、それは先にこの世界にいる者の役割であり、義務なのだ。

何せ……。

「お、坊主、今日からか！　よし、持ってけ持ってけ！」

強面《こわもて》の戦士が、サンドイッチの袋を押し付け、

「がははは！　がんばれよ坊主！」

普段はニコリともしない会計が大声で笑い祝福し、

「へえ、やるじゃんねえ」

「最初はうちでいろいろ教えてあげよっかー？」

大人の女たちが頭を撫で、頬にくちづけをくれてやっていた。

「……嬉しそうですね、ジーレ君」

「ああ、そうだな」

皆から受け入れられ、認められ、エールを送られる新たな冒険者。照れくさそうに、何度も感謝の気持ちを述べて、ギルドを出てゆく。

「…………無事だといいですね」

「…………ああ」

ジーレはまだ知らない。

ギルドは冒険者志望の新人に対して、『切開の痛み』および『《秘輝石《スフィア》》が定着するまでは効果を発揮しないので安静に』程度にしか説明しないのだが……。

《秘輝石《スフィア》》は神経に根付く……言い換えれば新しい神経を、既存の神経に結ぼうとしてくる。

それがどういう結果を生むかというと、まあ死ぬほど痛い。あと半日もすれば右手を中心に、肉と骨が溶けるような灼熱感《しゃくねつかん》が襲い、毛穴を広げて酸を流し込まれるような激痛に苦しみ、一週間かけてそれは全身へと広がっていく。それでショック死する奴も当たり前のようにいる。

さらに体が別物になる過程で筋肉と骨に凄《すさ》まじい負担がかかるので、筋肉痛と成長痛を合わせて何倍にもしたような痛みが全身に広がって、それも数日間は続く。

ジーレは俺やリーンを始めとした冒険者たちが向けていたのは単なる祝福ではなく、哀れみの視線であることに、奴はついぞ気付かなかった。

合理主義者の冒険者たちが珍しく、非合理に他人に施しを与える理由。

それらは全て、同じ苦しみを知る者たちが、これから地獄を見る者へと贈る、せめてもの同情なのだ……。

◆

ほぼ一文なしになった。いや、手元に一銭もないわけではないし、貯蓄を崩したわけではないが、現金がほとんど残らなかったという意味では大して変わらない。二、三日、安宿に泊まったら消えるぐらいの残高になった。

まさか行きつけの武器屋に魔導銀《ミスリル》製の剣があるとは思わなかった。しかも両刃剣《もろは》ながら左右対称ではないとかいう職人気質《かたぎ》な理由でワケあり扱いされていてかなり安くなっていた。相場の三割引きだ。

買うしかなかった、買ってしまった。刀身は多少短めだが、俺の戦い方ならむしろこっちのほうがありがたい。今後の身の安全の為にも背に腹は代えられないのだと自分に言い聞かせた。

おかげでその他の装備がかなり雑になった。防具などもはや鎧《よろい》ですらない。厚手のマントと服だけだ。

「稼がねえとな……来い……野盗来い……」

「私の真横で私が襲われるのを期待するのやめてください！」

リーンはそんな俺に対してかなり不満そうだった。当たり前か。

「で、結局どんな《冒険依頼《クエスト》》を受けたんだ？」

リーンはギルドのカウンターたどり着いた後、混み合う後方の列に対して一切の配慮なく、並ぶ《冒険依頼《クエスト》》の群れを前に小一時間、内容を吟味し続けた。

依頼の選《え》り好みはギルドが混み合う理由の一つだが、それにしたって十分ぐらいが相場というものだ。かなりピリピリした空気が漂っても、この女は平然としていたし、俺はそんな連中がいつ直接殴りかかってくるかを警戒して、結局何を選んだか見ていなかった。

まあ、あれだけ時間をかけたのだから、相当実入りの良いものがあったのだろう、そもそもリーンならばどんな凶悪な魔物でも対応できるのだし、その分報酬も……

「はい、コボルド退治です」

「てめえマジふざけんなコラぶち殺すぞオイ」

「はあ……ハクラはお仕事を選り好みするタイプですか？」

「わざわざ今更なんでこの俺がコボルドなんぞ仕留めに行かなきゃならんのだっつってんだよ！」

自然界での役割は食物連鎖の下の方、という時点でその弱さがわかるだろう。

角材でもあれば、《秘輝石《スフィア》》がなくても殴り殺せるほどだ。

ただ、飯処で働いてた奴がいるように、それなりに知能は高く、所謂《いわゆる》『飼いコボルド』も、大きな街ならそこそこ見ることができる。

大体の場所で申請と許可は必要になるはずだが、犬より賢く便利で仕事のできる隣人としての立ち位置を確保している、稀有《けう》な魔物であるとも言える。

とにかく、多かれ少なかれ自警団のような組織のある村なら、野生のコボルドが問題になることはない。

基本的に温厚で臆病、人間を見たら襲いかかるより逃げるのが常、何せ賢いので、人間との実力差をよくわかっているのだ。

ではなぜそんな魔物を退治する《冒険依頼《クエスト》》なんぞがちょこちょこあるかというと、野生のコボルドは食料を求めて畑を荒らし回ることがあるからだ。

なまじ賢いばかりに、獣避《よ》け対策やら罠《わな》やらが通じないのだ。

つまり、生命ではなく、生活の危機として、厄介な魔物ってわけだ。

……なんだが。

「駆け出しの仕事だろうがそんなもん！」

「普通はそうなんですけどねえ」

リーンは難しそうな顔をしていた。この女に思考というものができるのであれば、悩んでいるのだろうと見受けられた。

「今かなり失礼なことを考えたでしょう」

「いや別に」

「とにかく、ちょっと様子がおかしいんですよね」

「あ？」

「このコボルドはですね、どうやら人間を襲うらしいんですよ」


エスマから歩いて丸一日の道程《みちのり》も、馬車ならその四分の一の時間で済む。

ライデアというのがその《冒険依頼《クエスト》》を出してきた村の名前で、有名なのは……

『果樹園であるなあ』

スライムは、まさにその村で採れる真っ赤な果実を、青い体で包み込むように取り込んでいた。皮が緩やかに溶けているのを見ると、現在進行形で消化中らしい。

「果樹園！　採り放題とかやってますかね？」

「お前あんだけ食ってまだ食い足りないのか……」

肉厚のスペアリブを三人前平らげ、両手で持てるぐらい大きな小麦のパンを四つぺろっと食べつくし、今は果実をシャリシャリ齧《かじ》りながらこの発言である。大の男である俺ですらそんなには食えない、この女の胃袋はどうなっているんだ。

「ふーん、そういうこと言いますかー、しばらくお腹《なか》いっぱい食べられない粗食期間があったからなんですけどねー」

『いやお嬢の食い意地はいつもこんなもぐべっ』

リーンは食事中のスライムの上に全体重を乗せて座り込んだ。ぶよぶよと弾むが飛び散らないので理想のクッションと呼べなくもない……か？。

「その上、馬車移動だろ……大丈夫か、体重」

「な、なな、ど、どれだけデリカシーないんですか！」

「俺にデリカシーを要求するなら外見に見合った行動と言動をしろ」

「むっかぁー！　平気ですもん！　ちゃんと食べた分は運動してますから！」

『いやお嬢この重さは前より少し増えてがふっ』

リーンはクッションの上で座り直し、連動して断末魔が響いた。

「いーんです、そもそも私は食べた分はこっちに行くんです」

自信満々に腕を組むリーンの腕の上で、ゆったりとしたケープに沿うように豊かな胸の形が浮かび上がった。

どうです、と言わんばかりの顔だが俺はわざと、聞こえるように盛大なため息をついた。

「もうちょっとお前に可愛げがあればなあ……」

「んなっ⁉　昼間はチラ見して顔真っ赤にしてたくせに！」

「今ここに至るまでのお前との交流で、女という生き物への期待値がかなり下がったことには礼を言うべきだな……」

「た、たった十日ちょいで人のことの何がわかるというのです！」

「お前が質《たち》の悪いひねくれ者の大食い女であることは十二分に理解できたが」

「な、なんですってぇ⁉　アオ、主《あるじ》の命令です、懲らしめてやりなさい！」

「現在進行形でお前の下でつぶれてんぞそいつ」

「ア、アオー⁉　どうしてこんなことに……ハクラ！　あなたって人は！」

「一から百までお前の犯行だ！」

他の客がいないことをいいことに大騒ぎする俺たちの様子を見てか聞いてか、御者台の親父《おやじ》が声を上げて笑った。

「がっはははは！　仲いいな兄ちゃんたち、芸人の漫才でも見てるみたいだ」

「む、見てて笑ったなら見物料ください」

「お前の図々しさはどこからくるんだ本当に」

「いいですかハクラ、まず世界の中心に自分が立つところからです」

『小僧、一応言っておくがお嬢は本気だぞ』

「だろうな……」

とうとうこらえきれなくなったらしく、親父は十秒近く膝を叩《たた》いて爆笑していた。

「ところで、ライデアってどんな村なんですか？」

そんな感じだったので、リーンがそう話を振るのも、かなり自然な流れだった。御者は売り物であろう果実を自分もかじりながら答える。

「ん？　ああ、のどかなとこだよ、人は気さくだし飯も旨《うま》い、上等な甘果実《エリシェ》がよく生る土地でなあ、果実酒も甘ったるいんだが、それも結構な人気でよぉ」

「果実酒！　そういうのもあるんですか！　良い宿取りたいですねぇ」

「ほんっと食いもんのことばっかだなおい」

「失敬な、《冒険依頼《クエスト》》のこともちゃんと覚えてますとも。こういう地元密着型の依頼はスパッと解決すれば大体盛大にごちそうしてくれるものなのです」

「お前まさかそれ目当てで依頼選んだんじゃねえだろうな⁉」

リーンは目をそらしてひゅーひゅーと鳴らない口笛を吹き始めた。まじかこいつ。

「しっかしまあライデアも災難だなあ、やっと忙しい時期を乗り越えたと思ったら魔物絡みの騒動だろ？　お嬢ちゃんの言う通り、さくっと解決してくれると俺も助かるねえ」

「忙しいって、なんかあったのか？」

「いやあ、今年のユニカ祭りの開催が三ヵ月も早まったもんで、クローベルに納品する果実の収穫も早くなっちまったんだよ。果樹園の甘果実も熟しきってねえってんで、質も数も足りてねえときたもんだ。外の森まで大人も子供も駆り出されて、片っ端から収穫と出荷作業に追われてよ、俺もちょっと前までは、ひたすらエスマとライデアを往復よ」

「はぁ、そりゃ災難なこって」

「むしろ冒険者はこぞってクローベルに行くもんだと思ってたよ、兄ちゃんたちは変わりもんだなあ」

「いや、俺もなるべく早めに行きたかったんだけどな……」

ライデアに向かうことになった元凶を横目で見ると、顎に手を当てて、形の良い眉をこれ以上ないほど歪《ゆが》めながら、何事かを考えていた。

「んー……最悪のパターンもありえますね」

「は？　何が？」

「ああ、いえ、何でもないです、あとは現地を見てからですね」

リーンが、食べ終えた果実の芯を馬車の外に投げ捨てると、鳥たちがこぞってそれを貪《むさぼ》りに空から降りてきた。


高さ二メートルほどの木と石でできた防壁が、遠くまで伸びている。魔物対策にしては頼りないようにも見えるが、この辺りに生息している魔物相手ならこれで十分なのだろう。そうでなければコボルドより先に、他の魔物退治の《冒険依頼《クエスト》》が出ているはずだ。

村の入り口の門はすんなりと開かれた。門番はどこか疲れた顔をしていたが、御者が『冒険者を連れてきた』というと一様に顔を輝かせた。

どこを見ても、色づいた果実を実らせた木々がそこいらに乱立している。その全てが甘果実であり、村そのものが果樹園としての役割を果たしているらしい。少なくとも、リーンが俺に食わせた果実類とは比べようもないほど美味《うま》そうに見える。

御者のおっさんは、今日は仕事がてらライデアに一泊していくとのことで、明日の出発までに《冒険依頼《クエスト》》を終えられれば、帰りも便乗して馬車に乗っていける……となれば、足踏みをする理由はない。俺たちは早速、依頼主の元へと向かった。

「どうも、デゴウ・ヘド・ライデアです」

出迎えたのは年の頃六十を超えているであろう老人だったが、腰が曲がっている気配は見えず、ピンと背筋が伸びていた。

フルネームに〝長《ヘド》〟の号があるってことは、このデゴウこそが村長であり、《冒険依頼《クエスト》》は村の個人からのものではなく、ライデアという村そのものが解決を求めている事案ということになる。

「初めまして、私はリーン。こちちはハクラ、ギルドより《冒険依頼《クエスト》》を受けて参りました」

優雅にスカートをつまんで一礼するリーンを、俺は一瞬、すごい目でみてしまった。

こいつ、こんな立ち振る舞いもできたのか……。

「随分とその……お若い、お二人ですな」

挨拶《あいさつ》を交わして早々だが、村長の歯切れは悪かった。

……いや、いかにも旅を舐《な》めてますと言った風体で、スライムを抱えた若い娘が、若造を引き連れてやってきたわけで、わからんでもない。

《秘輝石《スフィア》》のおかげで見た目から実力を推し量りにくいのが冒険者だが、そんなもん、村人からはわからないだろうし。

俺はそう納得できてもリーンはどうだろうか、と軽く視線を向けて見ると、平然と笑顔を崩さず受け流していた。どうやら俺相手には容赦ないだけで、依頼主には一定の社交性で擬態できるぐらいの常識はリーンにも備わっているらしかった。

「ご心配なく、私は魔物に関しての専門家ですし、ハクラは一人でヒドラを倒してしまう凄腕《すごうで》です、飛行船に乗ったつもりで任せてください」

その言動を信じたわけでもないだろうが……どちらにせよ、俺達はもうここまで来てしまった。村長の感情に関係なく、頼るべき相手は俺たちしかいない。

「では、依頼の話に入りましょう。何でも周辺のコボルドが人間を襲うようになったとか？」

リーンが切り出すと、村長は頷《うなず》き、我々《われわれ》を椅子に座るよう促した。

話をまとめるとこういうことだ。

村の周囲には昔からコボルドが生息していたが、お互い過干渉することなく、平和に共存できていた。コボルドたちは村に入ってこないし、村人たちが外で何かしら作業をしていても積極的に近づいてくることはない。

好奇心に溢《あふ》れた若い個体が、手先の器用さを生かして外壁を越えてくることもあるらしいが、危害を加えられたことはなく、むしろ知らない人間に囲まれ、怯《おび》えて固まってしまい、村の外につれていくのが大変だったとか。

また、数年前、豊作続きで果実が採れに採れ過ぎて、酒にしてもジャムにしても干しても減らず、処理に困った果実を仕方なく放棄した時などは、コボルドたちはここぞとばかりに全てを持ち去り、夜通し森の奥から遠吠《とおぼ》えが聞こえてくるほどだったらしい。

後日、その場所にきれいな石を詰んでいった、という逸話もあるそうな。

他にも、森で何かしらの事情で放置されていた赤子のコボルドを保護して育て、森に返してやったり——とにかく、村とコボルドは、隣り合って存在していた、それが当たり前だった。

それが最近、事情が変わった。ほんの半月前から、森の中で人間を見るや、恐ろしい形相で襲いかかってくるようになったという。

理由はわからないが、襲われて無抵抗でいるわけにも行かない。村人は討伐隊を結成……と言っても武器代わりの農具を持った大人が五人、コボルド退治にはそんなもので十分だと思っていたらしい。

結果から言うと、戻ってきたのは二人だけだった。三人は襲われた際にはぐれてそのまま消息不明、生存は絶望的。

少なくとも一人は、生還した村人の前で首元を噛み砕かれて殺されたらしい。逃げる最中に後ろを振り向いたら、コボルドたちは容赦なく死体を貪っていたそうだ。

生存者いわく『あんなコボルドは見たことがない、凶暴で、獰猛《どうもう》で、こちらに怯《おび》えもしない。恐ろしかった』とのこと。

「我々《われわれ》は昔からコボルドたちと共存してきました。お互い分け隔てなく、領域を侵さずに。しかし時折は、隣人として。ですが、このようなことになっては……私は長として、決断せねばなりません」

村長もそれを望んでいるわけではなさそうで、悲痛そうな表情を浮かべていた。

ちらりと横目でリーンを見ると、顎に手を当てて何やら考えているようだった。この女に思考という高等な脳活動ができたのか、と一瞬驚いたが、その視線を察したのかぎろりと横目で睨《にら》まれた。自分を非難する行動に対しては死ぬほど勘がいいなこいつ……。

「んー、一つお聞きしていいですか？」

「ええ、何なりと」

「森のコボルドの主食は、お話から察するに野生の甘果実だったと思うんですけど。御者さんからですね、こんな話を聞いたんですよ。お祭りで売りに出す果実の収穫量が足りなくて、村人総出で森の外まで採りに行ったって」

今しがた聞いたばかりの話だが、リーンが言いたいのは『コボルドが食糧不足に陥ったのはお前らのせいではないか？』ということだろう。

まっとうな意見だし、今まで人間を襲わなかった生き物が突如凶暴になる理由としては……まして喰う為に襲ってきたというなら、やっぱりそれを考える。

しかし、村長は静かに首を横に振った。そう言われるのは想定したのだろう、特に機嫌を害した様子もなかった。

「確かに祭りが早まり――森の外に出向かざるをえなかった。ライデアの歴史上、稀《まれ》に見る事態でした。しかし、我々《われわれ》は、コボルドが森の恵に頼って生きていることを心得ている。森が何を与えてくれるかを心得ている。一つの木から果実を採り尽くすような真似《まね》など決してしない。彼らに迷惑をかけないだけの量を残した。我々《われわれ》が森から恵んでもらったのはほんの一部にすぎません」

「なるほどね、まあ……来る途中のそこいらの木にも普通に生ってたもんな」

「ええ、村の甘果実は、品種改良を重ねに重ねたそれはもう極上のモノですが、外に実る野生の甘果実も、他の土地より豊富に、早く実ります。水がいいのだろう、と言われますな」

村の名産品を誇らしげに褒める村長だったが、やはりその顔には影が差す。

「で、俺たちはコボルドを手当たり次第退治すればいいわけか？」

「ええ、もう村に被害が出ないようお願いしたい。報酬はギルドに提示したとおりです。それと、宿もこちらで手配しましょう、せっかく来ていただいたのだ、村の料理を食べていただきたい」

「お料理！」

「速攻で食い物に飛《と》びつくんじゃねえ」

村長は呆《あき》れ半分、苦笑半分と言った表情を浮かべつつも、非難はしなかった。

「ライデアの鶏は甘果実を食って育ちますから、肉もほのかに甘い。ハーブと塩をふって窯で焼いたものが名物です」

「よーし、さっさと片付けますよハクラ！」

「気合の入り方が違いすぎて驚くわ」

「何言ってるんです、百のやる気が百二十になっただけです」

ここまでのリーンの言動と行動を見せつけられても、村長は、コボルドを始末できるかどうか、などということは、最後まで口にしなかった。

冒険者にとってそれぐらい容易《たやす》い相手だと、知っているからだ。

そこそこ栄えた街が近い村というのは活気がある。旅人を泊める宿があり、そこに誘うための名物があり、それを盛り上げて金を落としてもらうために村人はさまざまな工夫をするからだ。

特にライデアのような売りのある村はその傾向が強いのだが……全体的に意気消沈している、というか、活気がないというか。

祭り時《どき》に村の名産を大量出荷した、つまり儲《もう》けがでたあとのハズなのだが、親しい隣人がいつ鉈《なた》を振り上げて襲ってくるかわからない、という状態は、やはり精神的にも堪えるらしい。

「……一応確認したいんだが、相手は本当にコボルドなんだろうな。実は人狼《ワーウルフ》でした、みたいなのはごめんだぜ」

《冒険依頼《クエスト》》を失敗するのにありがちなパターンとして、想定されるより強い魔物が原因だった、というのがあげられる。

人狼という魔物自体は、吟遊詩人ってのまた聞きなので見たことがあるわけじゃないんだが。

リーンの小さな口から零《こぼ》れ出た、ふへ、というバカにしたような吐息が、返答だった。

「こんなところに人狼《ワーウルフ》がいたらそもそも村が壊滅してますよ……っていうか、人狼《ワーウルフ》だってよほどのことがない限り人間なんて食べませんよ、美味《おい》しくないもん」

「不味いんだ……」

どうでもいい知識を仕入れてしまった。役に立たないことを願いたい。

「……待て、よほどのことがあったら喰うのか」

「北方大陸《オルタリナ》の《煌毛の群れ《セルエニア・パック》》なんかは、成人の儀式のために人間を狩ったりしますけど」

「あぁそうかい。相手にしたくねえのはわかったよ」

「ハクラなら大丈夫ですよ、頑張れ頑張れ」

「雑に褒めんな。つーかお前、俺がどれだけ戦えるか知らねえだろ」

「あら、三つ首ヒドラを一人で倒せるぐらいには強いんでしょう?」

リーンに意地悪い顔で聞かれ、俺は頭を掻《か》いた。

「……正直、どうやって倒したのかなんて覚えてねえよ。相打ちにできたのは、多分奇跡だ」

死にものぐるいで、死なないようにしていただけだ。その過程がすっ飛んでいるのは自分でも違和感があるが、ヒドラの死体があった以上は俺が勝ったんだろう……と判断する他ない。

「奇跡でも、相打ちに持ち込めただけですごいと思うんですけど……私の知る限り、そもそもヒドラは人間が剣で立ち向かうような魔物じゃないですよ」

「斧《おの》と弓と魔法もあったんだよその時は」

斧戦士と剣士、弓使いと魔道士というオーソドックスな四人パーティだったかつての俺たちは、まあ実際、上手《うま》く戦えていたほうだと思う。

「訂正します、人間が立ち向かうような魔物じゃありません。大体、なんでヒドラ狩りなんて行こうと思ったんです? あんな森の奥の個体なんて別に放っておいてもよさそうなものですけど」

「冒険者が無茶することなんて、富と名声以外にあるのかよ」

「ハクラがそういうタイプに見えないから、聞いてるんですけど」

お前は俺の何を知ってるんだ、と反射的に言いそうになったが、売り言葉に買い言葉の喧嘩《けんか》になるのが目に見えているので、なんとかそれを呑み込んだ。

「俺がそうじゃなくてもパーティの方針ってのがあるだろ、それに……」

「それに？」

「…………なんでもねえ」

あのヒドラは自然に生まれたものではなかったかもしれない、と言ったところで、今更どうなるわけでもなし。

「んー……別にハクラの《冒険者階級《ランク》》に興味はないんですけど、参考までに教えてもらっていいですか？」

《冒険者階級《ランク》》は、ギルドが制定した『あなたはこの職種に於《お》いてこれぐらい強いですよ』という指標だ。戦士、格闘士、射手、魔導士、治癒士といった具合に『何ができるか』でカテゴリ分けされ、さまざまな技能を持つ冒険者はそのうち一番高いものを適用する。

下はGから、上はSまでの合計八段階。

これによって受けられる《冒険依頼《クエスト》》の規模や報酬が変わるし、《秘輝石《スフィア》》を照合すれば一発で判明する為、偽装もできない。

GからDまでがいわゆる駆け出し。Cまで行けば立派な一人前とされ、ここまでが冒険者全体の七割を占める。

残りほぼ三割がBランク、実績と経験を積んだ冒険者……いわゆるベテラン扱いだ。

それ以上、Ａランクともなればそうそうお目にかかれない。名前が出ればすぐに『ああアイツか』とわかるぐらいには有名人で、その道における達人とされる。地位と富と名声を思いのままにできる冒険者の『終着点』と言っていいだろう。

Ｓは長いギルドの歴史の中でも、両手の指で足りるか足りないか程度しか存在しない。文字通り伝説だ。

閑話休題、二度目。

「剣士のＢ＋だよ、文句あるか」

その物差しで言うと、俺はほぼ三割に含まれる。他にも戦力以外の要素で評価されている項目はあるが、それはさておき。

「はあ……じゃあ本当にハクラそこそこ強いんですね、あてになりそうでよかったです」

「お前は！　何で！　俺を！　護衛に雇った！」

「流れですけど……」

「その雑な流れでここまでお前に振り回されている俺の気持ちがわかるか、あぁ⁉」

ちなみにコボルド退治の適正ランクはＧ、それこそジーレぐらいのド新人にも任せられるような《冒険依頼》《クエスト》だ。なぜ俺がキレたかわかろうというものだろう。

「うっふふ、じゃあ私、楽できそうですねー。乱暴ごとは全部ハクラに任せます！」

「元々そのつもりではあったんだが、明言されると腹立つな……っつか」

俺はリーンの右手の、エメラルドグリーンの《秘輝石》《スフィア》を睨みながら言う。

「お前の《冒険者階級《ランク》》は何なんだよ」

まず間違いなく能動的な戦闘を行う前衛職ではない。かといって治癒士《ヒーラー》や魔導士《ウィザード》にも見えない……スライムを変化させる魔法を使ってはいたが、あれは戦闘には全く向かない。

だったら一体、どういう区分にされているのか。

「ひ・み・つ、で～……がっ」

リーンは最後までその言葉を言い切ることはできなかった。

俺には勿論《もちろん》、全く悪意はなかったのだが、ウインクしながら可愛くのたまったリーンの頭部を、なぜだか急激に許せなくなり、反射的に五指を広げて鷲掴《わしづか》みにしていた。

幸い、小さな顔だったのでしっかりとホールドすることができた。あとは万力のように力を込めていくだけでこの頭蓋を握りつぶすことができるだろう。

「痛い痛い痛い痛い痛い痛い痛い痛い痛い⁉」

「はっ！　俺はなんてことを――――体が勝手に！」

「痛いって言ってるでしょうーっ⁉」

「すまねえ、リーン……目の前の女があまりに腹立たしすぎてつい……」

「いーーーたーーーいーーーってばーーー！」

『お嬢、お嬢、周りの目が気になるから静かにしろ』

「止めてくださいよ⁉」

「で、《冒険者階級《ランク》》は」

「その前に離してくーだーさーいーっ！」

そうだった、意識的にやったことではないからつい手放すのが遅れてしまった……カッとなりやすいのは俺の悪い癖だ、注意せねばならない。

それを体を張って教えてくれたリーンに、ほんの少しだが感謝という名前の感情が芽生えた。思わず手に力がこもってしまう。

「ちょ、洒落《しゃれ》にならな……あ、ぎぎぎぎがががががが」

俺がこいつに対して、そう思えることを、どこか嬉しく感じる。そうだ、一言礼を言っておくのも悪くないんじゃないだろうか、そう考えられるぐらいに。

「リーン……ありがとな」

「あがががががががが！！」

「俺、お前のおかげで大事なことを少し思い出せた気がするよ……」

『小僧、小僧、そろそろ離してやれ、だんだん年頃の娘が発していい悲鳴ではなくなってきた』

さすがにスライムの言う通りなので、解放してやった。

手を離した直後、リーンは凄まじい速度で杖を構え、全体重を乗せて全力で俺に向けて振り下ろしてきた。

ガキン、と鈍い音がする。木製だが、異様に硬い材質の杖と、俺の剣の鞘がかち合って、鍔《つば》迫《ぜ》り合い状態になって膠着《こうちゃく》した。

「ハァー、ハァー、ハァー……」

「ごめん待った悪かったたすげえ腹たったけどそれはそれとして謝るからその顔やめろ」

リーンの深緑の瞳がこれでもかとばかりに据わり、血走っている。悪鬼の形相だった。

この細腕であっても《秘輝石《スフィア》》が入った冒険者の膂力《りょりょく》で振るわれる凶器だ。頭に直撃するとさすがに命に関わるので、こちらから下手に出て場を収めようと試みる、俺も大人だしな。

『……出ているか？』

「心を読むな」

そのまましばらく俺たちは睨み合っていたが、対面での力比べでは勝てないと判断したらしく、リーンは一歩引くと、ぶすっとした顔で言った。

「今日の夕飯のハクラの分の鶏は私がもらいますからねっ！」

「そこで食い物で妥協する辺りがお前らしいな……」

「ぜぇーったいぜぇーったい許しませんからねーっ！」

「自分が何かされることに関しては恨みが根深いんだな……」

「私が舐めた態度をとったことに関してはこれでチャラにしてあげただけありがたいと思ってください！」

「不思議な言葉の使い方したな今」

聞いたことのない活用法だ。

する必要のない無駄な小競り合いが終わった。いや、人の冒険者階級を尋ねておいて自分のは言わない、というのは冒険者間の礼儀としては最高に無礼に値するのだ。人に名前を聞いておいて名乗らないようなものだから俺の対応も別に間違っちゃいないはずだ。

……俺、この女に両方されてるな。

「で、結局お前の《冒険者階級《ランク》》は？」

これでまた煙にまこうとしたら今度こそ頭を砕いてやるという気持ちで手を開いて見せると、リーンは冷や汗を一筋流し、大きく息を吐きながら言った。

「EXです。〝魔物使い〟なんてカテゴリは、ギルドにはないですからね」

EX《規格外》、あるいはEX《分類不可》。

ギルドが『どう区分していいかわからない』時につけられる階級である――あらゆる魔物を敵としないが、（おそらくは）戦闘力においてはそう高くないリーンに対してならば、妥当な評価ではある。

「……本当にいろいろと無茶苦茶《むちゃくちゃ》な奴だな」

とりあえず溜飲《りゅういん》が下がったので、この話題に関しては切り上げだ。本題は別にある。


「――――」


……何分、公衆の面前で大騒ぎしていたこともあって――俺たちを物陰からじーっと睨みつけている誰かがいることに、その時の俺は気付かなかった。

後々になって振り返ってみると、ここで対処していれば、厄介な面倒事を抱え込まずに済んだのに。

◆

村人がよく利用することもあって、森とは言っても、主だった道はある程度整えられていた。そりゃあ獣道も多いが、ヒドラが住んでいた場所とは比べるべくもないほど快適だ。

「まあのんきに村の外で果実を収穫できるぐらいなんだから、魔素《まそ》も薄いのか」

人間が酸素を吸って生きているように、魔物は空間に存在する魔素を必要とする。

強い魔物ほどより多くの魔素を必要とするので、魔素の濃い場所には強い魔物が多い……言い換えると、魔素が薄い場所には、強い魔物は寄り付かない。すぐさま即死することはないにせよ、リスクが大きいからだ。

人間がなんの準備もなしに標高の高い山に登ると、高山病にかかるようなもの、らしい。

なので必然的に、人間が村だの街だのを作るのは、魔素の薄い場所、ということになる……まあコボルドはそういう意味でも『弱い魔物』なので、村と森の中間に生息してるわけだが。

「しかし、人間を襲うコボルドなんて初めて聞いたな」

進行の邪魔になる草木は鞘で打ち払いながら、ふと呟《つぶや》いた。

それほどまでに、コボルドとは人間に対して——直接的には無害な魔物なのだ。

それこそ餌が足りずに果樹園から売り物を盗んだ、なんて事件が起きてくれてれば話がわかりやすいのだが、少なくともライデアでそういった事はないらしい。

「んー。ハクラ、コボルドって何を食べるかご存じですか？」

言われて、俺は少し考えた。コボルド自体はよく見る魔物だ。繰り返すが、街では飼われている個体もいるほどだし。

ただそいつらが餌を食っているところを見たことはない。何となく生肉でも食ってるような気がする。

「さあ、やっぱ肉か？」

「半分正解です」

「何がどこまで半分なんだ？」

「肉を食べる個体もいますし、果物を食べる個体もいます」

いまいち要領がつかめず、怪訝《けげん》な顔をしていると、んー、と少し考えてから。

「つまりですね、コボルドは雑食、さすがに土とかは無理ですけど、栄養があればなんでも食べられるんですよ。肉も魚も果物も野菜も木の実も草の根も。まあ……スライムほどではありませんが」

リーンは手に抱えているスライムを見た。

「なるほどねえ」

俺もリーンが抱えているスライムを見た。

『言いたいことがあるのなら聞くが』

有機物に限らず、取り込めるなら金属でも毒でも溶かして喰う最強の雑食生物の話はさておき。

「コボルドの食性は極めて独特です。人の暮らしている街で飼える最大の理由でもあるんですが……ハクラは刷り込みってわかります？」

指を一本立ててぺらぺらと喋《しゃべ》りだすリーン。あまり興味はなかったが、藪《やぶ》を打ち払う作業を無言でするよりはマシなので、暇つぶしがてら付き合うことにした。

「ん？　生まれたばっかの鳥の雛《ひな》が、初めて見たものを親だと思うやつ……でいいのか？」

「それですそれ。刷り込み《インプリンティング》。鳥の場合は親のそばを離れないための学習能力なわけですが、コボルドの食性はそれと似ています。〝生まれて初めて食べたもの〟とその類似種が、その個体の生涯の主食になるんです。例えば……」

リーンは、頭上で実る甘果実を指さした。

「生まれた後、すぐに甘果実を食べた個体なら、主食は果物になります。どんな環境でも食べ物を確保して生存できる様に進化したコボルドは、内臓とかをその主食を効率よく消化できるように作り替えちゃうんです。だからカテゴリが違う食べ物は、物理的に接種できなくなります」

「カテゴリって？」

「最初に食べたのが果物だったらギリギリ野菜まで、ぐらいのくくりですね。そういう個体は、肉とか魚を食べても消化できずに吐いちゃいます。代わりに栄養の接種効率が良いので、排泄物《はいせつぶつ》が少なくて、体の大きさの割には小食です。個体差はありますけど」

「へえ、変わってんな」

生まれた時は何でも食えるが、食った後はもうそれ以外食えなくなる、ってことか。

「だからこそ、わざわざ人間を襲う魔物じゃないんですけどね」

「でも、実際に被害が出てるだろ」

「今まで人間に興味がなかったのはコボルドが人間を食べ物だと思っていなかったからです。つまり、人間を食べる為に襲うようになったとすれば――コボルドの食性が変わるだけの事態が起きた、ということです」

　リーンは指折りながら話を続ける。

「コボルドは年中繁殖します、一度に産める個体の数は多くて二頭程度ですが、妊娠から出産まで一月かかりません。コボルドぐらい弱いと他の動物や魔物の餌になりやすいですから、とにかく数を産む生態になってるわけですね」

　自然の掟《おきて》、弱肉強食に対し、種族単位で出した弱者なりの回答というわけだ。

　まあそれを言うと、弱さを数で補っている最たる生物は人間である気もするが……。

　濃い、薄いの差はあれど、世界中に満ちている魔素は人間にとっては猛毒なのだから。

「通常は、親が自分の食べているものを与えるので、食性も引き継がれますが、もし新しい個体が生まれた時に食糧事情に問題があると、その世代から主食が変化しちゃうことはありえます」

「……つまり」

　はい、とリーンは俺が言葉にしなかった予想を、肯定した。

「〝人喰い〟のコボルドの子供が生まれたら、その子も〝人喰い〟に……食性を継承します」

　ようやっと、リーンがこの依頼を受けた理由がわかった。

　何度もしつこく繰り返すが――コボルドは大した魔物ではない、下手をすれば魔物に分類すらされないような、飢えた野生の獣の方のほうが危険なぐらいだ。

だが、生きる為に餌を食うことに変わりはなく、それができない環境に陥れば……死にものぐるいで求めるだろう。

リーンの説明が全て正しいとすれば、人喰いのコボルドは、それがたとえ偶発的な突然変異であったとしても、親から子供に、延々とその食性を受け継ぎ続ける。

もし、コボルドの繁殖速度で、〝人喰い〟のコボルドが増え続けたら……。

『お嬢、今回はどうするのだ?』

難しい顔を崩さないリーンに、スライムが尋ねた。んー、と少し間をおいてから
「上手く間を取れればいいんですけど、人間ってわかりませんからねえ」

○

「ハクラ、ハクラ」

「何だよ」

「あれ、あれ採ってください」

「お前マジでどんだけ食うんだよ!」

お嬢が指す先には、見事に赤く熟した甘果実が実っていた。他の木々にも野生の果実が転々と実っているが、枝の先端に果実ができた結果、重みで垂れ下がり、小道具を使えば梯子《はしご》などを使わずと

も採れそうな位置にあったのだ。

「ていうか自分の杖で採れ、届くだろ」

小僧が見ているのは、お嬢の持つ杖だ。先端に大きな宝玉が嵌《は》め込まれている、見るからに高価そうな（そして実際金銭に換えがたい）逸品である。

「はぁ!?　由緒正しきリングリーンの宝杖《ほうじょう》を果物採りに使えと言うんですか！」

補足すると、お嬢は小僧と出会ってから今日この日までの間にも、それ以前の遥《はる》か昔、自分の所有物になる前から、《由緒正しき杖《エメラアリル》》で枝を打ち払ったり藪《やぶ》を打ち払ったりしている。

「俺の剣だって果物採る為に買ったんじゃねえよ！」

「なんですかけちんぼ！」

『というかあの高さなら跳べば届くであろう』

「いい年して、甘果実なんぞ採る為にぴょんぴょん飛び跳ねる方が情けねえよ……」

「仕方ないですねー、もういいですよーだ、ハクラにはお願いしませんよーだ、べーっだ」

「お前今何歳？」

お嬢は思う様捨て台詞《セリフ》を吐き散らかしながら、樹の幹にぺたぺたと触れた。

我輩はお嬢の辞書に『諦める』という言葉はないことを知っている。仮に引いたとして、最初に出てくるのは執着心で、類語に初志貫徹と記されていることだろう。

「……お前、何して」

小僧がなにか問う前に、鋭い衝撃が幹を叩《たた》いた。お嬢の切れ味鋭い前蹴りである。

爆音、そして細かな葉が一斉にかすれ、樹木が悲鳴を上げた。枝に留まっていたであろう大小の鳥が勢い良く離れてゆく。冒険者の脚力によって勢いよく揺らされた自然が、枝と果実の雨を降らせた。幹には大きなくぼみができている。やりすぎである。

「わーい、たーくさーん！」

「何してんだお前⁉」

「はあ？　ハクラが採ってくれないから、私が仕方なくささやかな自然破壊を行う他なかったんじゃないですか」

「俺のせいにするなこの森ののどかな平穏を乱したのはお前だ」

無数に落ちた果実のうち、一つを拾い上げて、スカートの裾で拭って食べ始めたお嬢を見て、小僧はもう肩を落とすしかないようだった。我輩もせっかくなので一つ相伴に与かるとする。赤く実ったそれは適度に熟しており、まさに食べごろと言った具合だ。

甘果実は実るのも熟すのも速い。一年を通して、気候が適切なら三～四ヵ月程度で果実をつける。収穫期が年に三度から四度訪れるのだから、村人たちにとって『果実の収穫量が足りない』というのは本当に切迫した事態だったのだろう。

しかし、熟しやすいということは腐りやすいという意味でもある。なので、もぎたての新鮮な甘果実は産地のそばでしか食べることができない。大体は塩漬けや砂糖漬け、天日干しとなって流通するし、ライデアの村人たちの仕事も大半が果実の加工に費やされているのだろう。そういう意味では、今しか食べられぬ味だ。

「ハクラ、何してるんです」

「あ?」

果実を取り込んだ我輩を抱えて、お嬢は既に傍らの茂みに移動していた。

地面に落ちたものを拾い集めては腰袋にしまいつつも、身を屈《かが》めている。

「もう、ぼーっと突っ立ってないで早くこっちに来てください」

「何でここまでやらかした奴にそこまで言われなきゃあかんのだ……」

お嬢の意図が汲《く》み取れないのだろう小僧は、投げやりに指示に従った。同じく茂みに入り、お嬢がやらかした木を眺める。

「で、何してんだお前」

「まあ見ててくださいよ、あ、一つ食べます?」

「…………もらう」

小僧はしばし考えてから、差し出された果実を受け取った。シャリ、と小気味よい音が鳴る。

「あー、くそ、美味えなこれ……」

「喉も潤うし一石二鳥ですよねーっと、あ、来ました来ました」

「お?」

お嬢が二つ目の果実を食べ終える頃に、そ、や、つ、は現れた。

キョロキョロと周囲を窺《うかが》いながら、足音を立てないようコソコソと歩いてるのは間違いなくコボルドだ。体長から見るに、成体である。

小僧は感心したように頷き、お嬢を見た。

「なるほどね、コボルドを誘き出すためだったのか」

地面に落ちた幾つかの果実はつぶれ、甘い香りを周囲に漂わせている。コボルドはしきりに周囲を警戒しながら、転がる果実に恐る恐る手を伸ばそうとしていた。

「よし、そんじゃ狩るか」

小僧が立ち上がりつつ腰に構えた剣を抜き放とうとして、お嬢が慌ててその腕を摑《つか》んだ。

(ちょっと待ってください、何するつもりですか)

(何ってお前、コボルド狩りだけど)

(蛮族！　この蛮族！　いいから黙って見ててください！)

小僧が渋々引き下がる。しばらく注視していると、やがてコボルドは果実を両手いっぱいに抱きかかえ、来た時と同じく周囲をきょろきょろと警戒しながら立ち去ってゆく。

「……よし、追いますよ」

コボルドの姿が見えなくなってから、お嬢は腰を上げた。小僧もそれを見て、ああ、と納得したようだった。

「なるほど、巣を確認してからまるごと全滅させるわけだな？　さすが専門家だぜ」

「蛮族！　この蛮族！　ちーがーいーまーすー！」

「はあ？　じゃあ何でわざわざあいつを見逃したんだ？」

「スッカスカの脳みそに多少なりとも情報詰め込んでくださいよ！　コボルドの食性は固定され

るって言ったでしょう！　果実を主食に拾い集めるコボルドは食人しないんです！」

「いや、それは覚えちゃいるが……」

「なのにいきなり蛮族ソードですか。脳みそ蛮族ですか」

「蛮族連呼すんな！　つーか、意味ねえだろ」

「はい？」

お嬢は首を傾《かし》げたが、小僧も同じように、顔に理解不能、の四文字を浮かべていた。

「《冒険依頼《クエスト》》の内容はコボルド退治だ、原因探しじゃねえ。コボルドは殲滅《せんめつ》しねえと、依頼を反故《ほご》にすることになっちまう」

なぜ人喰いコボルドが生じたのかなど、村人にとってはどうでもよい。

それよりシンプルに、コボルドを全滅させればこれ以上の被害はでないのであるから、小僧の言い分は全くもって正しい。

冒険者とは合理的な生き物だ。無駄な事はしないし、余計な手間もかけない。

依頼では言われたこと以上のことはしないし、求められていないことには首を突っ込まない。

そしてそれは……お嬢の方針とは異なるものだ。

「私の仕事は、バランスを取ることです」

「バランス？」

「人と魔物のバランス、です。私の立場は中立で、どちらか片方に寄ることを許されてません」

「誰にだよ」

「立場ですかね」

小僧の顔はみるみる顰《しか》められ、説明を求めるように、視線が我輩に移った。

気持ちはわかる、小僧の言っていることは、何一つ間違っていない。

「いいから、私に言うとおりにしてください。コボルドを見かけても、絶対に斬りかかっちゃ駄目ですからね」

間違っているとすれば、それはお嬢の方である。少なくとも、人の理屈では。

「……まあ、雇い主はお前だからいいけどな」

釈然としなさそうではあるが、それこそ雇い主の方針に逆らうのも非合理的である。

もはや癖なのだろう、小僧は自身の白髪を、ガリガリと掻いた。

「で、どうやって追いかけんだ？　既に姿見えねえけど」

「足跡ぐらい追えますとも」

お嬢は少し屈んで、目線を地面に向けた。わずかに踏みしめられた土や草の跡を目ざとく読み取っているのだ。

十秒もしない内にその帰路を辿《たど》る目処《めど》がついたのか、小僧に対して得意げな顔を向けてから、歩き出した。

「ハクラを探す時だって、こういう地道な能力が役立ったわけです。凄いでしょう」

「そりゃどうも」

「……今感謝の気持ち足りてました？」

「とっくの昔に枯渇したわ」

◆

俺がリーンの歩幅に合わせると、多少減速する必要がある。ましてや、森の中を先導者が見えづらい足跡を追うとなればなおさらで、大した距離でもないのに十分は歩く羽目になった。

「えーっと、このあたりですね」

リーンがそう言って示したのは、行き止まり……崖際だった。三メートルぐらいか？　登ろうと思えば登れるが、リーンは上ではなく地面を見ている。

少なくとも俺はそこに『何かある』とは感じなかった。

「……どこだ？」

「ちょっと待ってください、確認中なので」

ぐるぐると周囲を見回り、草木をかき分けてみたり、木の上をじっと見てみたり。

傍から見ると挙動不審な行動を取るリーンだが、多分必要な行為なのだろう、そうすると俺にできることは何もない。

『不思議だろう、お嬢が何をしているのか』

その作業の邪魔になるのか、放り出されていたスライムが、俺の足元によってきた。

「いや……また足跡でも探してんじゃねえのか？」

『そちらではない。なぜお嬢は、コボルド退治などという《冒険依頼《クエスト》》を引き受けたと思う？』

作業を止めて、何か考え始めたリーンを二人（？）で眺めながら、スライムは続ける。

『人を喰うコボルドが出た。繁殖速度も継承性も厄介——だが、そ、れ、だ、け、だ。我輩らが何かしなくても、やがて時間が解決する問題だ』

「リーンの説明通りだったら、そう簡単にはいかないんじゃねえか？」

『そう簡単にいってしまうから、わざわざお嬢はここまで出向いたのだろうな』

もにゅん、と大きく体を震わせた。多分、ため息のようなものなのだろう。

『貴様の言うとおりなのだ、小僧。このような《冒険依頼《クエスト》》は、わざわざお前のような冒険者を連れてまでやるようなことではない。合理的か非合理的かで言えば、非合理極まりない。ましてお嬢はそれ以上に手間をかけようとしている』

「……だろうな」

この依頼の報酬だって、本来駆け出し向けの《冒険依頼《クエスト》》なのだから、たかが知れている。手間と労力の反対側に乗らなければならないはずの儲けが、どうしたって釣り合わない。

俺が身銭を切って同行する、という話だったら、絶対に断っていただろう。

「そもそも、俺はアイツがよくわからん」

『ふむ？』

「名前も明かさない、目的も不明、喋る魔物《スライム》は連れてる。持ってる能力はとんでもねえ。なのに異様に俗物的。やってることは意味不明と来てる。まあ一番わかんねえのは——」

『なぜ小僧を雇ったか、であろう』

「ああ」

リーンはそもそも、ありとあらゆる魔物と〝敵対しない〟能力を持っている。世界中、ありとあらゆる冒険者が、よだれを垂らす異能だ。さして頭の良くない俺が、少し考えただけでも、金に換える方法がいくらでも浮かんでくる。

こうして土や埃《ほこり》にまみれて、冒険者なんぞやらなくてもいいはずなのだ。

そのリーンは、どうしてえげつない金銭のやり取りの末に、俺を連れ歩くことを選んだのか。

「さっきはわざとらしく《冒険者階級《ランク》》なんて聞かれたけど、俺を探しに来たあの時点で、俺の《情報《ステータス》》は見てるはずだろ、そもそも俺は――」

『知っているとも』

スライムは、体をむるむると震わせた。心なしか、瞳（に見える二つの核）が細まったように見える。

『お嬢は全て知った上で小僧、貴様を選んだのだ。むしろ、小僧より小僧のことを知っている』

「……そりゃ、どういう意味だ」

『いずれわかる。我輩が説明するよりお嬢が説明したほうがいいだろう。まずは見てやってくれまいか。お嬢がどういうモノであるのか』

再び、リーンに視線を移すと、考え事は終わったようで、四つん這《ば》いになってごそごそと茂みを漁《あさ》っているところだった。

「見つかったのか？」

「ええ、ほらほら、見てください、私の捜索の成果をしっかり確認して褒めてください」

「スッゲーエラーイ」

リーンが退けた草むらの底、土の壁の一番下に、小さな穴が空いていた。子供が体を寝かせて頭を突っ込んだら、何とか奥まで行けるかも……ぐらいの大きさだ。それにしたって途中で体が支えて、戻れなくなる危険性がありそうだが。

「野生のコボルドは、大体こういう場所の土を掘り返して巣穴を作るわけです。入り口が小さければ外敵は入り辛いですし、見つかりにくいですからね」

「なるほど、いろいろ考えてんだな」

仮にコボルドを駆除するとしても、この中に隠れているとなると少々厄介だ。

「で、こっからどうすんだ？　わざわざ逃した以上は何か目的があるんだろ？」

「もちろんですとも。まあとりあえず、中の彼にお話を伺いたいところですね」

「言っとくけど、俺は入れねえからな」

「私だって入れませんよ、アオ」

リーンに軽く叩かれたスライムは、体を横に何度か振って。

『土だらけになるのは嫌であるなあ』

「お前って衛生面とか気にすんの？」

いやまあ、泥水になったスライムは俺も一緒にいたくはないが……。

しかしそうなると、後は物理的に破壊するぐらいしか思いつかないが、さすがに剣で土の壁を掘るのは手間だ。ツルハシの類いを村から借りてくる必要がある。

「まあまあ、入れないなら、出てきてもらえばいいんですよ」

「は？」

リーンはまず、近場にある何本かの樹に触れた。

あれでもない、これでもない、と何かを選んでいるらしく、やがて一本の、少し枝の枯れ始めた樹の前で立ち止まり、

「んー、ここですかね」

手にした杖の末端で、トン、トン、と地面を数回突くと……。

「うわっ」

反対側、先端にある大きな輝石から、ぶわっと緑色の光の粒が広がった。

魔道士連中が魔法を使う時に、《秘輝石《スフィア》》から生じる光に似ているが、その光は濃さも密度も段違いだった。

「…………で？」

しかし、その現象が収まっても、特に目立った変化はないのだが、リーンは一仕事終えたと言わんばかりに額の汗を袖で拭っていた。

「いいですか？　コボルドの巣は、番《つがい》と子供が生活できるだけの空間を確保できるよう、入り口は小さく、奥は広く作られています。高さも身長に少し余裕を足したぐらいの空間を確保するために、ちゃんと地面に木の根が絡んだところの下を巣穴に選んでるわけですよ」

「だから巣から引きずり出すのが難しいって話だろ？」

「はい、なので今掘り返してもらってます」

誰に？　と俺が言う前に。


「ギャアアアアウ！　ギャオオオオオウ！」


という、死にものぐるいの大絶叫が、巣穴の奥から響いてきた。

「何だ何だ何だ⁉」

穴の向こうからかすかに聞こえる、ガサガサと何かが蠢《うごめ》く音、メキメキと何かが折れるような音。

「ギャアアアアアアウ！」

やがて巣穴の出入り口に、一匹のコボルドが顔を出した。個体の識別に自信はないが、多分、甘果実を拾い集めていた奴だと思う。

「ギャウ、ギャウ、ギャウ！」

魔物の感情なんて今の今まで気にしたことはなかったが、こいつはもう明らかな焦燥と恐怖で怯えていた。

中で何があったんだ……。

答え合わせは、向こうからやってきた。コボルドが穴から体を全て外に出して数秒後、別の生き物がのそりと顔を出したのだ。

『…………』

ひょこっと出てきた細長い鼻先、ついで土をごりごりとかき分けて、つまり巣穴の入り口を無秩序に拡大しながら、そいつは出てきた。

鋭い爪を両手に備えた……平べったい獣、というべきだろうか。

ぐにぐにと伸びる鼻が異様に長く、体長は一メートルを優に超える。こいつは……。

「ビ、大モグラ《ビッグモール》？」

名前の通り、大型化したモグラの魔物で、土中にデカくて長いトンネルを作るので、頻度はそう多くないものの、時々街道が壊れたり、畑が荒れたりする原因になる魔物だ。

大モグラはじっとリーンを見つめて……いや、目がないので、顔らしき部位を向けていたが、リーンが革袋から何かを取り出して地面に置くと、それをのそのそと口に含み始めた。

「…………え、何今の」

「ええ、あそこの樹の下を寝床にしていた子の力をちょっと借りまして。あの樹、ちょっと枯れてるでしょ？　この子が巣にしてるとこで、根っこをちぎっちゃったんですよ」

「いや、場所を特定した方法を聞いてるわけではなく……」

いきなりデカいモグラに巣を破壊された方はたまったものじゃないだろう、コボルドはガクガク震えながら体を丸めている。

「どうですか、これが原初の魔女リングリーンの正統後継者、魔物使いの娘の力です」

えへへんと胸を張るリーン。

あらゆる魔物は、〝魔物使いの娘〟である、リーンの言うことを聞く、らしい。

であれば。

俺は、思ったことを素直に口に出した。

「……最初からあのコボルドに『巣からでてこい』って命令するんじゃ駄目だったのか？」

「…………………………」

俺の問いかけに、リーンはしばし沈黙した。

うんうん、と何度かその場で頷いてから、しゃがみこんで、大モグラの頭を一撫でしてから。

「まあいいじゃないですか」

「あの姿を見てちったあ可哀想《かわいそう》だとは思わねえのか⁉」

腰が抜けたのか、未だ立ち上がる気配がないまま怯えるコボルド。なんで俺のほうが感情移入せなあかんのだ。

「ああ、大モグラは肉食ですし、お互い地面に穴掘って暮らす魔物なので、意外といるんですよね。巣穴を大モグラに掘り当てられて、そのまま食べられちゃうコボルドって」

「そりゃあ！　怯えるだろうなあ！」

安全なはずの巣穴に突如現れる捕食者という構図になるわけで、コボルドが体験した恐怖は筆舌に尽くしがたいだろう。

「せっかく怯えてくれたんですから、助けてあげることで恩を売りましょうよ」

「悪魔かテメェは！」

俺が心からの本音を叫ぶと、リーンはきょとんと首を傾げた。

「悪魔はハクラの方じゃないですか」

「お前と比較して悪にカテゴライズされたらもう立ち直れねえぞ⁉」

俺は本当に何もしてないぞ……いや、問答無用で駆除しようとはしたが。

「というか、別に何でもかんでも無条件に服従させられるわけじゃなくてですね、この子にだってちゃんと対価を支払っていますし」

「対価？」

「ご飯ですよご飯。一食を対価に、巣から追い出してもらったんです」

ほら、とリーンが再度革袋から取り出して見せたものは……シンプルに言うと、手のひらに乗るサイズの――――でけぇイモムシだった。

「うおあああああああ！」

よく見えるようにという要らん配慮をしてくださったおかげで、顔面に近づけられたそれは大変気持ち悪かったので、思わず悲鳴をあげてしまった。

「きゃあ！　な、なんですか大きな声だして！」

「いきなり見せられたらビビるわ！　何だそれどっから持ってきた！」

「オオマダラドクガの幼虫ですよ、あ、生体になるまで毒はないので素手で触っても平気です」

「俺が言いたいのはそういうことじゃなくてだな！」

「さっき樹を蹴っ飛ばした時、甘果実と一緒に落ちてきたのを、先見の明がある私はこうなることを見越して回収したんですけどー？　私の行動は常に先々を見据えているんですけどー？」

ぷんすかしながら、よく見たら体色も紫とピンクで毒々しさを感じるイモムシを、ぽいと大モグラに提供してやるリーン。

大モグラは何匹かそれらを食うと満足したのか、あるいは用事が済んだと判断したのか、のっそりと緩慢な動きでコボルドの巣の中に引き返していった。

……もうこのコボルド、巣に戻ることができなくなったと思うんだが、いいんだろうか。

いや、別にコボルドがどうなろうと俺の知ったことじゃないはずなんだが……。

「というわけで、無事にターゲット確保というわけです。なんてスムーズな流れ！　褒めてくださって構いませんよハクラ？」

「…………いや、待てお前、最初は俺に剣で甘果実を採れっつってただろ」

樹を蹴ったのは成り行きであって必須行動じゃなかったはずで、つまり全然いきあたりばったりじゃねえか。

「…………」

俺の指摘に、リーンは再び無言で頷くと、ようやくゆっくりとコボルドの方へと視線を向けた。

「…………怖がらせるつもりはぁー、なかったんですよぉー？」

「嘘《うそ》つけコラ」

「まあまあ、結果オーライですよ、はーい、こんにちは？」

リーンが笑顔で手を振ると、コボルドはびくりと更に身を強張らせて、か細い悲鳴を上げた。

何もオーライじゃない、仮に魔物と意思疎通する手段があったとしても、初手がバッドコミュニケーションすぎる。

「そんな……安全を確保してあげたのに」

「元々安全だったはずの自宅の内側から追い出されたからこうなってるんだと思うが……」

「安全じゃなかったことが判明したので、喜ぶというのはどうですか」

「それをあの今にも過呼吸で死にそうなコボルドに言ってみろよ」

そんな毒にも薬にもならん会話をしつつ、リーンは改めて。一歩コボルドに近寄って――――。


「ピ、ピイイイイイイイイイイイッ！」


逃げた。体のバネを全て使って跳ね起きて、後ろ足を縮めてから、全力で解き放った。手を伸ばしたリーンが思わず『ひゃっ！』と声を上げるほど、その動きは俊敏だった。

この状況で、俺たちを敵と認識しているコボルドが取るべき行動はそれしかないだろう、どう考えても最適解で、その選択をしたこと自体は褒めてしかるべきかもしれない。

「ピギャッ！」

俺の横をすり抜けようとしたその足に、剣の鞘を伸ばして引っ掛けてやった。勢いのまますっ転んで、体をしたたか打ちつけて転がって、水たまりに顔から突っ込んだ。

「あちゃー、ハクラったら酷《ひど》い」

「お前のフォローをしてやったつもりだったんだけどな……？」

倒れたコボルドは、よたよたと起き上がろうとして、ズルっと転んだ。ダメージが大きいのか、それとも……。

「ん？」

違う。上手《うま》く起き上がれないのは、体の自由が利《き》かないからだ——よく見たら、水たまりでもがいているのではなく、水たまりがその四肢に絡みついていた。

『無礼を許せ、コボルドよ』

「ピギャアアアアアアアアアアア⁉」

『待て待て待て、暴れるな、こら』

「いや、スライムに捕まったら俺もそうなるわ」

当事者視点だと喰われかけた直後だしな……。

というか、そうしようとした記憶がある。

「ナイスですアオ！　そのまま抑えといてください！」

もはやコボルド視点では絶体絶命。リーンが一歩地面を踏みしめるたびにビクッ、ビクッと震える姿はいくらなんでも哀れすぎる。

「待って！」

リーンがあと一歩の距離まで近づいた時、聞き覚えのない声が、森の中に響いた。

同時にぴくり、とコボルドの耳が動き……グル、と喉を鳴らして、露骨に牙を剝き出しにした。

「ん？」

振り向いた俺の視界に入ってきた声の主は、子供だった。

茶色い髪の毛を太く三つ編みにしている、どこの村にでもいるような、多分十歳かそこいらの、簡素な服装に身を包んだ、普通の少女。

息を荒らげて、胸を押さえて、必死の形相で、俺の足元にすがりついてきた。

「お、おい」

「ルドルフをいじめないで！　その子は悪い子じゃないの！」

「いや、待てって」

「何かしたなら私も謝るから、お願い、やめて！」

「わかったから落ち着いて――」

「やだよルドルフーっ！　死んだらやだーっ！」

「泣くなああああああああ！」

ボロボロと泣き出した少女を見て、コボルド――ルドルフと呼ばれたそいつ――は、唸《うな》り声のトーンを変えた。

『む、こら、暴れるな』

「グリュ、ウウウウウウウウウウウウウウウウウ！」

拘束されて動かない体を、それでもグイグイと引っ張り、俺に向かって全力の敵意を向けている。

視線と、気配で、伝わってくる。

『その娘に何かしたら、絶対に許さない』と。

「――――何もしねえから、勘弁してくれ、何なんだ……」

泣きじゃくる少女の、涙と鼻水で濡《ぬ》れていくズボンを見ながら、盛大にため息を吐くしかできなかった。

○

「わたし、テトナ・ヘドナ・ライデア、っていいます。十一歳です」

ちょうど適当な切り株があったので、我輩らは少女を座らせて、自己紹介を聞いた。

長の血族の女性《ヘドナ》の号が名前に含まれている通り、ライデアの村長の家族か。おそらくは孫娘だろう。

肝心のコボルド――名をルドルフというらしい――は、今はテトナ嬢を守ろうとするように、傍らに寄って離れない。

「私はリーン、こっちはハクラで、この子はアオです。よろしくね、テトナちゃん」

お嬢が優しく微笑みかけると、テトナ嬢は少し緊張した様子で、しかし、警戒心を緩めて頷いた。

顔が良いので、こういう時は優しいお姉さんのフリが上手である。

「アオ？」

『紹介に与かった。スライムのアオである。お見知りおきを、お嬢さん』

思考に感づかれた気配がしたので、我輩は即座に自己紹介を返した。物事をごまかす時は話を進めるに限る。

「しゃ、喋った……！　スライムが、喋ったよ、ルドルフ！」

『うむ、我輩、普通のスライムとは少々違う故にな。危害を加えることはない。安心してほしい』

「わぁー……すごいねえ」

「キュウ……」

ルドルフの頭を興奮して抱きかかえるテトナ嬢を、小僧は仏頂面で（なにせ涙や鼻水でズボンがえらいことになった）眺めていた。

「で、お前は何でこんな所に来たんだ？　人喰いコボルドが出るってのは知ってんだろ」

そんな面構えのまま聞くものだから、我輩が開いた心がみるみる閉ざされ、再び強い警戒心を顕にした。小僧に喋らせてはならぬかもしれない。

「大丈夫ですよ、ハクラは怖い顔してますけど、意外と優しいところが……」

はて、とお嬢は首を傾げた。

「ハクラ、私に優しくしてくれたことありますか？」

「ねえよ」

即答であった。

「テトナちゃん、あっちで話しましょうか、女の子だけで。あのこわーいお兄ちゃんは放っておいて」

「おいこら」

「うん」

「うんじゃねえよ」

『小僧、もう少し表情筋を緩めろ。気持ちはわからんでもないが、子供相手に取る態度でもあるまい』

そう言ってやると、余計仏頂面になる。言われている事が正しいのはわかっているが、納得がいっていないときの若者の顔である。

「その……お兄ちゃんたちは、コボルドを、退治しにきたん……でしょう？」

「基本的にはそのつもりです。あ、でも、そっちのルドルフ君に関しては大丈夫ですよ、ご心配なく」

「ほんと……？」

「ほんとともほんとです。私、嘘だけはついたことがないんですよ」

「お前よくも俺の前で堂々と言えたなオイ」

『小僧、顔、顔』

テトナ嬢は怯えた様子を隠さず、ルドルフを連れてお嬢の陰に隠れてしまった。完全に小僧が悪役である。

「もー、ハクラ、小さい子の前ぐらい、笑顔しましょうよ。大人げない」

「この世界で最も大人げない人間に言われたくねえんだよ俺は」

小僧の視線の先には、テトナ嬢を守らんと、震えながらもこちらを睨むルドルフがいる。恐怖より勇気が勝るあたりは、雄の矜持《きょうじ》と言ったところか。

しかし小僧は譲らない、眉の端がつり上がっているのは、我輩の気のせいではないだろう。

「今のライデアの状況でコボルドを匿《かくま》ってるってのがどういう意味なのか、ちったぁ考えたのかよ」

呆《あき》れた口調の小僧に対し、テトナ嬢は必死に食い下がる。

「で、でも……ルドルフは、悪くないもんっ！」

「悪いか、悪くないかじゃなくて、危険か、危険じゃねえかなんだよ。村人を喰い殺したコボルドの同種を、よりによって村長の孫が隠してるなんざ、爺《じい》さんの立場がねえだろ」

それは、子供に対して告げるにはあまりに正論である。

小僧は間違っていない。極めて合理的な、冒険者の考え方だ。

「ただでさえ村長の采配ミスで犠牲が出てる時にそんなもん知られてみろ、家に火ぃつけられてもおかしくねえぞ」

「ハクラ、ハクラ」

「そういうのをひっくるめて何とかする為に、わざわざ俺らを雇ったんだろうが、それをお前がぶち壊し――――」

「ハクラっ！」

お嬢が大きな声を上げた。暴力に訴えないお嬢は久方ぶりだ。

睨んでいると言っていい目つきで、小僧はお嬢を見て、そして黙った。

自分の後ろに隠れ――――声を押し殺すテトナ嬢に対し、しゃがんで、抱きしめながら……たしなめるような声で、お嬢は言った。

「……泣いちゃってますよ、やめましょうよ」

ぐす、うう、とすすり泣く声が、静かな森に響く。ルドルフはテトナを責める小僧をじっと睨んだ。

「…………」

『小僧、お前は間違ってはいないぞ、それは我輩が保証しよう』

「……お前にフォロー入れられてもな」

小僧も、この状況でそれ以上を追及できるほど、血と涙が通っていないわけではないようだった。

「事情はわかりません、けど、私たちは冒険者です。ちゃんと解決してみせます、これ以上、大事《おおごと》には絶対にしません」

お嬢はテトナ嬢を優しく撫でて、微笑んで見せた。リングリーンの一族は皆、性格と反比例するように顔だけはいいので、こういった時の包容力が非常に高い。

お嬢の数少ない美点の一つである。

「ほら、早く戻らないと、パパもママも心配しますよ？　後のことは私たちに任せてください。ルドルフ君のことも、悪いようにはしませんから」

少なくとも、この時のお嬢には悪意はなかった、それは断言できる。いくら人間性に問題があるとはいえ、年下の童女を理由なく傷つけるほどは腐ってはいないのだ。

「パパは…………いない、いない、の」

だから、その一言で、喉を引きつらせていたテトナ嬢の涙腺が、本格的に決壊してしまったのは、誰のせいでもないと、我輩は思いたい。

「……私のパパ……コボルドに、食べ、られ、ちゃったから」

……思いたいのだが、空気が凍りつくことだけは誰も止められなかった。

テトナ嬢の父ということは、村長の息子か、婿養子か。

どちらにしても村の次の指導者を担うべき男だったはずだ。

老いた父に代わり、働き盛りで若い後継者は、当然、問題が起きた時、率先して前に出なくてはならない立場だ。

ならば、今回も、当然前に立ったのだろう。武器を持ち、村人を率い、人喰いのコボルドを倒すために森に入ったのだろう。

そして、帰ってこなかった。

少し考えれば、わかることだったかもしれない。

村長が、積極的に犠牲の詳細を語らなかった理由も。

「…………………」

先ほど、テトナ嬢からしてみれば、『お前の祖父の采配ミスのせいでお前の親父《おやじ》が死んだのに、軽率にコボルドをかばうなんて何を考えているんだ』と、大人の理屈で罵倒した小僧は、おそらく人間はこれ以上居心地の悪い顔をできないだろうと思わせるほど眉をひそめていた。

『……ならば、なぜ、ルドルフをかばうのだ？』

「ルド、ルフ、は……友達、だもん……ずっと、前から……っ！」

小さな腕で、ルドルフを抱きしめていた。そんな少女の頬を、慰めるように小さな舌で舐める。

彼女の立場ならば、コボルドそのものに忌避感を持ってよいはずだ。誰よりもコボルドが憎いはずだ。

それでも、彼女は守ろうとしたのだ。村人に存在が知れれば、ルドルフの命はないとわかっているから。

「ルドルフは、悪くない……悪いのは、他の……だから、私、わたし……っ」

「わかりました」

そんな寄り添い合う一人と一匹を、お嬢は上から、まとめて抱きしめた。

「大丈夫です。テトナちゃんのパパの仇《かたき》は私たちが取りますし、ルドルフ君にも手を出させません」

『また面倒な方向を選ぶのであるなあ』

「それはそれ、いつものことじゃないですか」

我輩からしてみればいつものことだが、小僧にしてみれば全く初耳の話であろう。

「…………あー、リーン、真面目な話をするぞ」

「む、なんです？」

「村人をどう納得させるつもりだ？　食性の違いだの、喰うやつと喰わないやつがいるだの、ライデアの連中には何も関係ない。喰ったのはコボルドだ。だから全部のコボルドが駆除対象。俺たちにはその――」

魔物の固有名詞を呼ぶ、という行為に慣れていないのだろう。なにせ我輩もスライム扱いである……その名を呼ぶことに一瞬ためらったが、続けた。

「――ルドルフが人を喰わないと証明できるのか？　納得させられるのか？」

一切の軽口がない、真剣な口調。それは一人の人間として、冒険者としての問いであった。

「それが無理ならこの《冒険依頼《クエスト》》は降りるべきだ。何も考えないでコボルドを殺せる奴がやったほうがいい。お前がコボルドの場所を探り当てられるなら、俺が一日で始末してやる」

それは全くもっての正論である。

冒険者としての最も恐れるべき事態は、《冒険依頼《クエスト》》失敗という『不名誉』だ。

即《すなわ》ち、最も重要な『この冒険者ならば《冒険依頼《クエスト》》を解決してくれるだろう』というギルドや同業者からの『信頼』を失う、という意味である。

まして、コボルド退治などという低難易度な《冒険依頼《クエスト》》である。たとえどの様な事情があったとしても、失敗する方が難しい。

もしそうなれば、少なくとも、二度とエスマでは活動できまい。

しかも他大陸のギルドの支部には情報が伝わるであろうから、《冒険者階級《ランク》》の格下げすら決してない話ではない。

この《冒険依頼《クエスト》》が失敗するパターンは事実上、一つしかない。コボルド相手に冒険者が全滅することはありえないので、村長が『この冒険者たちにこの依頼は任せられない』と判断した時だ。

家族を奪われ、怒りを抱く村人たちに、『悪くないコボルドもいるから殺すのはやめましょう』などと言えば、どうなるか。

少なくとも、穏便に説得することはできないだろう。

「そうですね……」

お嬢も、コレに関しては真剣に、おふざけなしで応じた。

「六割、は納得させられると思います」

「……何を基準に六割なんだよ」

「だって、人間ってわからないいんですもん」

その表情に、一切の遊びはない。ただただ、心からの本音を吐露した。

「原因はわかっています、何が起こったかも理解してます。証拠も、そろそろ向こうから来る頃合いです。その為にルドルフ君を探してたんですから」

その物言いに、小僧とテトナは揃って首を傾げた。

「一体どういう――」

小僧の疑問は、ザリ、と土を踏む音と気配に遮られた。

◆

目が血走っている。

牙がむき出しになっている。

舌が溢《あふ》れている。

ガリガリにやせ細っているのに、爪は異様に鋭い。

俺が事前情報なしで、何も知らずにこいつらを見たら、とてもじゃないがコボルドだとは思えないだろう。亜種の小悪鬼《ゴブリン》と言われても信じたかもしれない。

眼前に現れたのは、それほどまでに異様な風体のコボルドどもだった。

「ゲジュ、グリュルウ」

「グジュ」

「ガフ、フッフ」

かすれたような声でやり取りをする、三匹のコボルドは、それぞれ剣や斧といった得物で武装していた。どれも冒険者が戦う為に使うような上等な品ではないが、叩きつけて何かを殺傷するには十分だ。

「あ、あ………」

震えて、声を漏らしたのは、俺の背後でリーンに抱きついたままのテトナだった。

剣を持った一体を指さして、震えた声で呟いた。

「あ、あれ……」

襲われて、消息不明になった村人は三人、全員が武器を持っていたらしい。

なれば、あれらの得物は、それを奪った物か。

「……リーン、お前、魔物の言葉がわかるんだよな」

「ええ、だいぶ感覚的なものですけど」

「なんて言ってんだ？　あいつら」

「目の前に、小豚の丸焼きが置かれた私みたいな感じです」

「死ぬほどわかりやすくてありがてえよ」

その瞬間、コボルドたちは一斉に武器を構えて突っ込んできた。

俺には目もくれず、一直線に、テトナとルドルフを抱きしめる、リーンに向かって。

「きゃあああっ！　あ……っ？」

一瞬、テトナが悲鳴を上げて――すぐに収まった。

「ギャ」

「グッ」

「ギッ！　ガッ、ギッ」

首を切断された二匹と、両手足を切断された一匹のコボルドが、リーンたちの手前で転がり――

買ったばかりの剣を鞘に収めながら、俺は聞いた。

「一匹は殺さなかったけど、よかったか？」

「はい、聞きたいことがありますので」

ルドルフもそうだったが、コボルドというのは存外視野が狭いらしい。

俺のことを一切見ずに、横を通り抜けるものだから、それを斬ることには何の障害もなかったのだが、生き残った一匹は、痛みと、なぜこうなったかが理解できないようで、訳もわからず、ぎゃうぎゃう吠《ほ》えている。

『うむ、さすがミスリルの剣。軽くて速い、斬り口も鋭いのであるな』

「ええ、開き直って全財産はたいただけはありますね！」

「まず俺の剣技を褒めろ！」

「わー、ハクラすっごーい」

「報酬上乗せしなかったらお前ぶん殴るからな……」

俺たちが軽口を叩き合う様を、テトナはリーンの腕の中で、ぽかん、と見ていた。

「え、あ、あれ、どう、なったの？」

突如現れ、襲い来る〝人喰い〟のコボルドは、テトナにとっては恐怖の象徴だったはずだ。

彼女にとって最も頼りになる父を殺害した、『勝ち得ない』存在。

だが。

「怖く見えても、コボルドです。冒険者は――ハクラは負けません」

リーンはテトナの頭を撫でながら、もう一度抱きしめた。

「なにせ、ヒドラを倒しちゃうぐらい強いんですからね」

さて、手足を斬り飛ばしたというたちは出血も激しいわけで、長くは保たない。尋問するならさっさとせねばならないのだが……。

「……子供には見せない方がいいんじゃねえか？」

苦悶《くもん》の果てに息絶えた首が二つと、バラけた四肢、それに伴う流血は、子供が積極的に望んで見るべきモノじゃあないはずだ。

「大丈夫」

だが、脅威が去ったことを理解したのか、おずおずとリーンの腕から出てきたテトナは、笑顔を作りながら言った。

「家畜をバラすのは、手伝ったりしてるから」

「そりゃ逞《たくま》しいな」

頭の一つでも撫でてみようかと思ったが、柄ではないし、役目でもない。

俺は出しかけた手を引っ込めて、テトナを守るように寄り添い、もがいた同族に向けて、牙をむき出しにして唸《うな》るルドルフを見た。

「グルル、フシュッ、ウウー……」

「……何でこいつが唸ってんだ？」

「それも含めて、聞いてみましょう」

リーンは四肢を失ったコボルドのそばにしゃがみ込むと、くるくると喉から不思議な音を出した。

「くぁう、くる、くるる」

それは、不思議な響きの伴う音だった。リーンの声の高さには変わりないが、耳の奥がなぜだかぞわぞわするような不快感がある。俺には間違っても言語には聞こえないが……。

「ガッ、ガウッ、ギュル、グゥッ！」

しかし、コボルドの方はそれに応じるように喉を鳴らしていることから、本当にしっかりとコミュニケーションが成立しているようだ。

「ギュウ……ギィッ、ギィッ！」

「グァッ！　グァアアアッ！」

「ル、ルドルフッ？　どうしたのっ！」

コボルドが吼《ほ》えると、ルドルフがそれをかき消すように吼え、テトナが慌てて抑えつけた。

「……ルドルフ君にとっても、いろいろ因縁があるみたいですね」

「え……そう、なの？　ルドルフ……」

「グウウウウウ……」

唸り、今にも襲い掛かりそうなルドルフの様子は、尋常ではない。こいつとテトナの結びつきは俺の知ったことではないが、万が一、何かの拍子にテトナが傷つくと非常に困るので、俺はルドルフの肩に手をかけて、少しだけ力を込めた。

「リーンに任せろ。お前はテトナを守れ」

「グウ……」

言葉が通じるとは思っていなかったが……予想に反して、ルドルフは、立てた爪を収めて、唸り声を沈めた。

「……伝わるもんだな」

『姫を守るというのは騎士の本懐であるからな、我輩もそうである』

「アイツが姫でお前が騎士なのか……」

俺の足元で、その辺から調達してきたのか、あるいはルドルフが持ち帰ったモノを拝借したのかは知らないが、体内に甘果実を取り込んで捕食しているスライムはそう言った。

『それに、ルドルフは勇敢な雄であるぞ。テトナが現れた時は、小僧に対しても臆さなかったではないか』

「巣から追い出された直後は全力でビビって逃げようとしてたが……」

『生存戦略としては間違っておるまい。要するに、ここぞ、という時に命を賭けられるかどうかが男の価値であろう』

「何でスライムに男の価値を説かれにゃならんのだ」

くだらない雑談も、やることがない時は丁度いいか。

リーンとコボルドが唸るような会話を続けてる間、テトナは不安げにルドルフを抱きしめていた。

「ルドルフは、頭がいいんだよ。すっごく」

それが俺とスライムに対して向けられた言葉だと気付くのに十秒程度かかり、そして返事を期待していなかったのか、テトナは俺たちの反応を待つことなく続けた。

「ルドルフは、赤ちゃんだったの、三年ぐらい前に、村の入り口に一匹で泣いてたの」

親とはぐれた子供、というのは、人間でも魔物でも動物でも、別段珍しくない。

ただ、コボルドという魔物の弱さを考えるなら、それは他の魔物か動物の餌になるという意味のはずなのだが、ルドルフは運が良かったようだ。

「私の持ってた甘果実をあげたら、泣き止《や》んで、何だ、おなかすいてたんだってわかって。皆でどうしよっか、って言ってたら、ルドルフのパパとママ、村の入り口でウロウロしてて」

「そりゃ随分と度胸があるな」

村長の話によれば、ライデアとコボルドは以前までは共生できていたらしいので、ルドルフの両親も人間の村に対してある程度慣れ親しんでいたのか、少なくとも殺されることはないと思っていたのか。

どちらにしても勇気は振り絞ったに違いないが。

「私と、パパで、ルドルフを連れて行ってあげたの。ルドルフは両親に会えて、森に帰っていったの」

ルドルフの頭をなでながら、テトナは続ける。

「それから二週間ぐらいしたら、毎日村の入り口の前に、ルドルフが甘果実を置いていってくれるようになって……」

「……赤ん坊だったのが二週間でそこまで育つのか」

『お嬢も言っていたが、コボルドはとにかく繁殖速度が速い。つまり成長速度も、ということであるな。寿命も短いが』

「へえ、何年ぐらいなんだ？」

『長寿でも十年前後だそうだ。犬と対して変わらぬ』

「うん、コボルドは、すぐにおっきくなるって、パパも言ってた。それから、私とルドルフは、一緒に遊ぶようになったの。お家にも案内してくれたんだよ、泥だらけになっちゃったけど」

そのお家の中身は多分ぐっちゃぐちゃになってしまっているし、その片棒を担いでしまった身としては、思い出を語られると非常に耳が痛い。

「森で遊んで迷子になった時も、ルドルフは村まで連れて行ってくれたし……一緒に木に登って甘果実を採る時は、とびきり美味しいのを見つけて、私に渡してくれるの。ルドルフと一緒に食べる甘果実が、私、一番好きなの」

同意するように、ルドルフがうぉん、と喉を鳴らした。傍から見たら、懐《なつ》いた犬と、その飼い主だ。こんな状況でなければ、微笑ましくすらある。

「だから……ルドルフは、そんなことしないって、わかってた。でも、皆は、コボルドを許さない、って言うの。皆、殺しちゃえ、って、恩知らず、って」

「まあ、そうなるだろうな」

「冒険者に来てほしくなんてなかった。だって、ルドルフも、殺しちゃうでしょう?」

「……少なくとも俺だけだったらそうしてたな」

テトナ個人の思い入れを無視するなら、村人からすればルドルフも他のコボルドも大差ないだろう。全ての個体が、平等に裏切り者だ。

隣にコボルドがいても駆逐することをせず、共に森の恵みを得て暮らしてきた隣人だったのに、なぜだ、という問いは、容易に怒りに転化する。

身内を失ってまで、なお『友達である』という理由だけで、ルドルフを信じられるテトナのほうが理に適《かな》っていない、とも言える。

「……何で、こんなことになっちゃったんだろう。私、ルドルフだけじゃない。ルドルフのパパも、ママも会ったことあるよ。友達だって。皆可愛くて、いい子だったのに」

「……そいつらは、今どこにいるんだ？」

「わかんない、私がお家の場所を知ってるのは、ルドルフのだけだったから」

ちらりとルドルフを見る。俺には、こいつが何を考えているかなどわかりはしないが、物悲しそうに目を伏せている、程度の表情はかろうじてわかる。

「………」

、い、い、い、この森の中で何が起こったのか。

なぜコボルドは人を襲ったのか。

コボルドとやり取りを続ける、リーンの背中を見る。

「グアウ、グアウ！」

ひときわ高い鳴き声が響いた。

「っ」

テトナが反射的に硬直して、ルドルフが即座に飛び上がり、爪を立てて身構えた。

「くる、くぁう？」

「グォウ！」

しかし――声の主である、四肢を切られたコボルドは、そんなことはお構いなしだった――

俺から見てもわかる、嬉しそうな表情を浮かべていた。

地面に転がったまま、コクコクと何度も頷いて、リーンに媚《こ》びを売るように舌を出す。

「くぅ」

リーンは喉を鳴らして立ち上がると、手にしていた杖を少しだけもちあげて、コボルドの頭にのせた。

「ギ――――!?」

パギュッ、と何かが割れてつぶれる、くぐもった音が鳴って、静かになった。

「はあ」

『お疲れであるな、お嬢。して、居場所は割れたのか？』

頭を砕かれた最後の一匹の表情は、もはやわからない。直前までは歓喜の声を上げていたそれは、もう二度と喋ることはない。

テトナもルドルフも、唖然《あぜん》としている。俺もだ。

平然としているのは、ボムボムと飛び跳ねてリーンに近寄るスライムぐらいのものだろう。

「はい、この子たちの巣の場所もわかりました」

「…………そりゃ喜ばしいが――――お前、なんて言ったんだ？」

ルドルフよりも豊かな表情変化を見せた、絶体絶命のあのコボルドが、何があったらあそこまで露骨な喜びを表すのか。

「大したことじゃないですよ」

リーンは、ため息を吐きながら言った。

「あなたの巣の場所を教えてくれたら、助けてあげるって言っただけです」

◆

「……お前ついてくるの？」

「うん、だって、ルドルフが心配だし」

「クゥン……」

「どちらかと言うとお前が来る方が不安なんだが……」

ルドルフとしっかりと手をつなぎつつ、リーンにべったりくっついて離れないテトナだが、そうなると必然、俺のカバーする範囲が増えるわけで。

コボルド相手に後《おく》れを取るつもりはさらさらないが、他の魔物が出てこないとも限らない。軽々しく一〇〇％の安全という言葉を使えるのは、不測の事態に陥ったことのない馬鹿か、女神様ぐらいのものだ。

しかし、リーンはお気楽に、

「まあまあ、いいじゃないですか。下手に一人で帰すわけにも行かないですし、ハクラのそばにいたほうが、テトナちゃんもルドルフ君も安全ですよ」

などとのたまいやがる。

「最も安全を脅かしたやつが言う台詞ではないと思うが……」

「む。言っておきますけど、私が来なかったらルドルフ君は危なかったんですからね？」

「大モグラに喰われてたって？」

「ちーがーいーまーすー！　あの子は私が頼んだから巣穴を蹂躙《じゅうりん》しただけです！」

「すあなをじゅうりん？」

テトナがオウム返しした言葉を、俺たちは全力で聞かなかったことにした。

「そうじゃなくて、そもそもなんであのコボルドたちがルドルフ君の巣穴まで来たと思うんですか」

「ルドルフの絶叫を聞きつけたからだろ」

「ちーがーいーまーすー！　その前にー！　そもそもルドルフ君はあのコボルドたちに匂いを嗅ぎつけられてたんですー！　私はその前に甘果実をぶちまけて匂いをごまかしつつ先回りしてルドルフ君を保護しようとしたんですーっ！」

「だったらわざわざルドルフを追い出さなくても巣の前で待ってりゃよかったんじゃ……」

「それはそれ、これはこれ、あれはあれです」

絶対にやりたかっただけだ、こいつ。

「テトナ！」

その折、しわがれた声が、森に響いた。

大きな声ではなかったが、切羽詰まった焦《あせ》りが混ざっている、知った声。

横目でリーンを見ると、打って変わって『あちゃー』と言いたそうに頭を抑えていた。

「おじい……ちゃん？」

その声の主を、テトナが教えてくれた、眼前に現れたのは、まさしくライデアの村長と、武器を構えた若者二人。

いったん、護衛をその場に置いてから、村長は俺たち――というかテトナに向かって近づいてきて、開口一番、腹の底からの怒鳴り声を張り上げた。

「姿が見当たらないと思ったらやはりだ！　テトナ！　森に入るなとあれほど言っただろう⁉」

怒りはごもっともで――そして、当然といえば当然だが、テトナは、行き先を誰にも告げずにルドルフに会いに向かっていたらしい。

この状況下で、もし孫娘が森にいるコボルドに会いに行きたいなどとほざいたら、まあ俺でも殴って椅子に縛り付けるだろうから、村長の怒りは妥当だろう。だが……。

「リーン」

「はい」

「嫌な展開になる気がするぞ」

「私もです」

俺たちの意見が一致すると同時に、村長は焦った顔で――テトナの真横にいる、ルドルフを見た。

「テトナ！　そいつから離れなさい！　早く！」

予感は早々に的中した。村長の怒声に怯えるテトナは、それでもルドルフを庇《かば》うように抱きしめて、涙ながらに叫んだ。

「待って、おじいちゃん！　ルドルフは、違うの！　悪くないの！」

「何が違うものか！　お前の父を殺したのは、そいつらだぞ！　危険なんだ、何故《なぜ》わからない！」

「ルドルフは、そんな事しないっ！」

「テトナッ！」

村長が一歩近よると、テトナはこともあろうに、ルドルフの手を引いて俺の後ろに隠れた。

……マジかよ。

当然のように、村長は俺とリーンを睨みつける。

言いたいことはよく理解できるし、実際、それを口にした。

「どういうことですかな、お二方。我々は、ギルドに、コボルドを狩ってほしいと、《冒険依頼《クエスト》》を出した筈《はず》ですが」

怒りを堪えきれない、と言った風情だった。歯を食いしばり、絞り出される声は煮詰まった憎悪が滾《たぎ》っていた。

「……孫娘を保護してやった俺らに、そんな刺々《とげとげ》しく突っかかって来なくてもいいんじゃねえか？」

「それに関しては、感謝しています。ですが……」

その視線は、俺の背にいるルドルフに向けられている。

「仕事を果たしていただきたい。今、目の前で、そのコボルドの素っ首を刎《は》ねてもらいたい。でなければ、我々はあなた方を信用できない」

それは、依頼主から冒険者に与えられた、最後のチャンスだ。

ここで意に沿わなければ、依頼を取り消し、新たな冒険者を要請するだろう。

そして俺たちは『コボルド退治すらできない冒険者』としてのレッテルを貼られることになる。

今後のことを考えるなら――それだけは、避けなければならない。

「………」

腰の剣に手を添える。背後のテトナを軽く突き飛ばして、ルドルフを始末するのに、俺なら瞬きの間すら必要ない。

「なんで、おじいちゃんはルドルフを信じてくれないのっ⁉　一緒に、遊んでくれたじゃない！お友達だって言ったら、喜んでくれたじゃない！」

テトナが叫ぶ、その涙の混ざった声に滲《にじ》む感情は、唯一《ただ》つだ。

もう、何も失いたくない。父親を失った少女は、これ以上、友達までいなくなるのが嫌なのだと、俺だってわかる。

それは子供の我儘《わがまま》だ、理屈では、どうしてもそうなる。

村長の言っていることは、正しい。なぜなら。

「なぜわからない！　コボルドは我々を裏切ったんだぞ⁉」

そう。先に隣人であることをやめたのは、彼らだからだ。

お互いがお互いを、傷つけないからこその信頼関係だったのに。

「違いますよ」

その時、今まで黙りこくっていたリーンが、怒声の隙間を縫うように言った。

「先に裏切ったのは人間の方です。恨み憎しみは勝手ですけど、その順番を間違えちゃいけません」

その物言いは、タイミングとしては最悪で、発せられる内容としては当事者の神経を逆なでするものでしかなかった。

が――彼らがその意味を理解して、怒りという感情に変換される前に、狙いすましたかのように、さらに言葉を差し込まれる。

「ついて来てください、この森で何が起こっているのか、見せてあげますから」

そういって歩き出す姿が、あまりに堂々としているものだから、俺も含めた全員があっけにとられ、何か言うよりも、なんとなくその後ろをついていく、という感じになってしまった。

もっとも、憤りは消えるわけではなく、険しい顔をしたままの村長たちと距離を取るように、テトナはルドルフの手を引いて、リーンの後ろをついて行く。

『小僧』

いつの間にか俺の足元で跳ねていたスライムが、呟いた。

「んだよ」

『お嬢は六割、と言ったが、恐らく我輩は三割程度だと思う』

「何が」

『村人たちを説得できるかどうかだ』

「三割もある方が驚いたよ」

辟易《へきえき》しながら返すと、スライムは……多分、本音を告げた。

『故に小僧、貴様の判断で、斬って良い』

「……何をだ」

あえて確認するように言うと、スライムは、ふぅ、と溜息《ためいき》のような声をこぼした。お前はどこから呼吸してるんだ、とは、今更言わなかったが。

『ルドルフだ。その時点でお嬢と貴様の契約は終わりだが――お嬢に付き合って貴様まで路頭に迷うことはあるまい』

「最初からそのつもりだよ」

リーンが何を考えているかはわからないが、破滅するまで従う義理はない。

そして、テトナの手を摑《つか》んで離さないルドルフの背中は、今この場で殺《あや》められるほどに、頼りない。


村長の護衛は俺たちが引き継ぐことになり、村人二人にはテトナの発見報告を兼ねて、先にライデアへ戻ってもらった。

十分ほど、さらに歩いてたどり着いたのは、ルドルフが住んでいたような、入り口の小さな洞穴だった。つまりこれが、俺たちを襲ってきたコボルドの巣なのだろう。

「で、どうすんだ、また壊すのか」

「はい！」

良い笑顔で告げたリーンは、再びトントントン、と杖で地面を叩いた。

「カモンもぐちゃん！」

今度は巣穴の中からではなく、リーンの足元からのそのそと大モグラが現れた。

さっきと同じ個体かどうかはわからんが、リーンの指示の元、鋭い爪で巣穴をざくざくと広げ始める。

ルドルフは自分の巣がどうやって破壊されたのかをまざまざと目撃し、尻尾を丸めて震え上がり、村長とテトナはリーンと大モグラを交互に見比べ、戦慄《せんりつ》していた。

「……それで、この中に何があると？」

度肝を抜かれたものの、さすがにその作業が終わるまで黙っているわけにもいかなかったんだろう。村長の怪訝《けげん》そうな顔は、よりによって俺に向けられた。

「さあ……雇い主はあいつなんで、俺に聞かれても」

自分の立ち位置が未だ固まってない俺の、嘘偽りない本音だった。

「……貴方《あなた》たちにはわかるまい」

しかし、俺のそんな物言いが、無責任に聞こえたのだろう。深く項垂《うなだ》れて、震える手が拳を強く握る音がした。

「築き上げてきた物が壊れた時の、あのやるせなさが。信じてきたモノに裏切られた時の、あの怒りが。愛するものを失った悲しみが……同じ恵みに支えられて生きているモノ同士、種族は違えど、わかりあえていると思っていた……」

好意が反転したときの憎しみほど恐ろしいものはない、というのは、誰の言葉だったたか。

「少し頼りないが、よい息子だった。学があり、勇気があった。村の為に率先して、立ち上がってくれた。その息子が、ついぞ帰ってこなかった。わかりますか、この気持ちが」

「………」

裏切り。信頼。たった数文字の、無責任な言葉たち。

冒険者にとって、前者はよくあることで、後者はそんなモノを無条件に信じるほうが馬鹿だ。

信頼に必要なのは『なぜ』だ。明確な理由と理屈の上でこそ成り立つ、それがないなら、俺たちは誰にも背中を預けない。

「テトナはそれでも、ルドルフを信じてる」

だから、俺はそんな言葉を言うつもりは、全くなかった。

冒険者らしく、合理的に振る舞うのであれば、黙って流して、いざという時、どっちにも逃げられるようにしておくべきなのに。

目を見開いて、俺を凝視する村長に、理性が『やめろ』と叫ぶのを無視して、ほとんど考えなしに、続けてしまっていた。

「父親を喰われたこともわかってて、危ないこともわかってて、それでもあいつはルドルフを守る為に、俺たちを止めに来た、子供一人でだ」

まったくらしくない。

俺が言うべき言葉ではない。何の意味もなく、何の道理もない。

「お前に――」

我慢の閾値《いきち》を越えたのだろう。村長は杖を投げ捨て、俺に摑みかかってきた。

続きの言葉はわかる。『お前に何がわかるんだ』だ。

だが、それを言い切る前に、何かが崩れ落ちる音が辺り一帯に響き渡った。

「――俺には何もわかんねぇけど」

俺は、襟を摑む手を振りほどくことなく、外壁が崩壊した巣穴を見た。

「何があったのかは、これからわかる」

…………多分。

○

そこで我輩らが見たものは、この世で最も美しく、そして残酷な光景の一つだった。


「村長さん、ハクラ、こちらへどうぞ。テトナちゃんは……」

言外に、見ないほうが良いかも、と告げるお嬢に、テトナ嬢は首を横に振って、ルドルフの手を取って言った。

「私も、知りたい」

震えている。肩も手も、恐らく心も。

「何で、って、ずっと思ってた。ルドルフは……ううん、コボルドは友達だって信じてたから。だから、見たいの」

それでも、この娘は強く前を向いている。自分の信じたいものを信じる為に。

「何かの間違いだって、私たち、仲良くできるって、信じたいの……っ！」

「テトナ……」

その背中に、村長は、少しだけ手を伸ばし、しかし、何もできなかった。

「クゥン……」

テトナ嬢の手を、強く握り返したのは、ルドルフであった。

「うん、ルドルフ、大丈夫だよ」

一人と一匹の間には、確かに信頼関係があった。大人たちは……ともすれば我輩たちですら、それは愚かだと嘲笑《あざわら》い、そしてしかるだろう。

「大丈夫ですよ、テトナちゃんがルドルフ君を裏切るようなことにはさせません」

コボルドの巣というやつは出入り口が小さいだけで、驚くほど奥行きがある。

我輩を抱きかかえたお嬢は、そのまま歩みを進めた。

その奥に、一匹のコボルドが仰向《あおむ》けに横たわっていた。手足はまったく肉がないのに、腹だけが大きく膨れている。妊娠していることは明らかであった。

「これは……」

コフゥ、コフゥと荒い息を繰り返すコボルドは、我輩たちはおろか、巣穴が破壊されたことにすら、気付いていないようだった。それだけ、集中しているか、あるいは他に気を回す余裕がないのか。

「…………」

小僧も、テトナ嬢も、村長も、三者三様に絶句していた。

なぜ、今、よりによってこの時、こんなものを見せられねばならないのか。この光景に何の意味があるのか、測《はか》りかねているようだった。

「ギャウウ！　グア！　ギャウウァ！」

ひときわ甲高い叫びと共に、母体の下腹部から、ズルリと音を立てて、小さなコボルドがこぼれ落ちた。

一匹、二匹、そして三匹。

この世に新たな命が誕生した、それは祝福すべきことのはずだ。

生まれたての儚《はかな》い命は、全身の毛を濡らしたまま立ち上がった、生まれたての足をふらふらと引きずって母親にのしかかった。

「クルル……」

母コボルドが呻《うめ》くように鳴いた。子供はそれを聞いて、同じように小さく吠えた。

「クル……、ギッ、ゴ、ギャフッ、グェッ！」

そして……憔悴《しょうすい》した、たった今、自分を産んだ〝母親〟の細い首元に喰らいついた。

「……え？」

テトナが、声を漏らした。しかし、そんなものでは、何も止まらなかった。

ぺきぺきと骨が折れる音が聞こえる。

我輩らに全く気付くことなく、連中の食事は始まった。まだ固まりきらない柔らかい爪と、生えかけた牙で、自らを産み落とした肉の毛皮を剝いで、露出した部位に喰らいつく。

「何してるの」

たまらず、駆け出そうとするテトナ嬢の手を、ルドルフが摑んで、止めた。

「ルドルフ、だって、あの子たち、何、何してるの⁉」

痙攣《けいれん》し、舌を放り出して、びくびくと震えながらも、母親は、ぎゅう、と子供を抱きしめた。それは抵抗ではない、もっと喰え、と促しているのだ。

ほどなく、当然のように母親は絶命した。その遺体を、産まれたばかりの子供は喰らい続けた。

「おお……なんと、なんという……」

「……どうなってんだ、リーン」

小僧や村長とは対照的に、お嬢は欠片《かけら》も動揺していなかった。無表情に、この光景を眺めている、眉の一つもひそめない。

「……お前、こうなってるってわかってたのか?」

「何が起こってるか想像はついてる、と言ったじゃないですか」

いつも通り、呆《あき》れたふうに、そう言ってのける。

「この周辺のコボルドは甘果実を主食にしていました。この森は実り豊かですから、わざわざ人間が育てた果実に手を付けるまでもなく、森の恵みを享受していました。食が足りれば余裕もできますから、野生の魔物とはいえ、ライデアとは上手《うま》く距離取れていたんです」

「そ、そうですとも、だから、我々《われわれ》は」

共存できていた。そのはずだ。

「でもだったらなんでこんな事になったんだ？」

小僧の問に、お嬢は人さし指を一本、立てた。

「そんなの、ライデアの村人たちが森の果実を乱獲したからに決まってるじゃないですか」

あっさりとお嬢が言うと、村長は叫んだ。己が責められていると感じたからか、鬼気迫る表情で。

「我々《われわれ》は全ての果実を取り尽くすようなことはしていない！　我々《われわれ》とてコボルドが……いや、森の生き物がそれを糧にしていることを知っております！　確かに売り物になるような、よく熟したものは持っていってしまったが、それでも十分な量を残した！」

その怒声に対して、お嬢はどこまでも平坦《へいたん》な声で応じる。何も知らない子供に、言い聞かせるように。

「コボルドって、頭がいいんですよ。物事を順序立てて考えられる知能を有しています。ゴブリンとかとは違って」

「そんなことは言われなくても！」

知っている、と続けようとした村長の声を。

「だから、ライデアの村人たちが食《た》べ頃の果実を採っていったことで、自分たちの食べ物が見るからに減ったことを理解できます」

お嬢は容赦なく、断ち切った。

「賢いから、危機感を抱くことができます。例えば……今はまだ、果実が残っているように見えるけれど――」

あ、とテトナ嬢が声をあげた。

コボルドに一番寄り添っていた彼女だからこそ、お嬢が言う前に気付けたのかも知れぬ。

「――また、果実が食べごろになったら、人間が持って行くかもしれないって」

村長の表情が、固まった。

まさか、と零《こぼ》れた呟きを、我輩は確かに聞いた。

「明らかに目減りしてしまった甘果実の樹を前にして、彼らはどう思ったでしょう。今まで人間たちが手をつけなかった森の果実を、たくさん持って行ってしまったけれど、でも大丈夫大丈夫、だってまだこんなにあるんだから――――なんて楽観的でいられるほど、コボルドたちは、馬鹿じゃないんです」

村人たちは、確かに隣人であるコボルドのことを考えて、果実の収穫を行った。

森から恵みを少し分けてもらうだけの行為のはずであった。

コボルドたちから、どう映るかなど、全く考えもしないままに。

「甘果実の樹に精通してるライデアの村人たちは、長年の経験から、甘果実の残量を推し量って、森の生態系に影響を与えない量を残す計算が、確かにできたんでしょう」

肉を貪《むさぼ》る音が響く。

「もしコボルド以外の魔物だったら、多分こんなことにはなってなかったと思います。総量が減ったことなんて気付かなかったでしょう。普通、食料争いっていうのは、なくなってから生じるものですから」

血をすする音が鳴る。

風が吹いて、背後にある木々が揺れた。

食べごろに熟した野生の甘果実が揺れて、一つがぽとりと地面に落ちた。

母親の命の残骸を貪《むさぼ》るモノどもは、それに欠片の興味も示さない。

「彼らは賢さゆえに、危機感を抱くことができました。もし次に同じ量を持っていかれたら、群れを養えないだろうという判断もできました。結果、同じ危機感を抱いた群れ同士での、縄張り争いが始まったんです」

「な、縄張り争い？」

そんな言葉を想定すらしていなかった、という口ぶりで、村長がこぼした言葉を、お嬢は聞き逃さなかった。

「……コボルドの群れが複数あったことすら、あなたたちは知らなかったんですね」

はっと顔を上げたのは、テトナ嬢だった。

そう、ルドルフと交流を重ねてきたテトナ嬢すら、その発想がなかったのだ。

彼らにとって、コボルドは『森に生息している魔物』でしかない。彼らの社会性や生態に関して、想像を巡らせることをしなかった。

あまりに日常に馴染《なじ》みすぎていて、そういうものだと思っていたから。

コボルドたちが甘果実の収穫期を知らなかった様に、村人たちはコボルドの事を知らなかった。

「……なら、俺らを襲ってきたのは、その縄張り争いに負けた連中か」

「はい。勝った群れは甘果実を独占し、余剰分《マージン》を確保しました。ルドルフ君は、その群れに所属してたんですよ」

ルドルフが、その声に合わせて鳴いた。肯定の意味なのだろう。

お嬢は続ける。

「果実を確保できた方は今まで通りの生活を続けられますが、負けた方はそうは行きません。水分すら甘果実で補ってきたコボルドたちは、あっという間に追い詰められてしまいました」

コボルドの食性は『刷り込み』だ。甘果実を主食としていたコボルドたちは、そもそも甘果実以外は食べ物として認識すらしていなかった。

だが、生き物である以上、喰わなければ飢えて死ぬ。負けたコボルドの群れは、最後の手段を選んだ。

「それで、自分を喰わせた、ってのか? そんな馬鹿な話あるかよ。その前に、狩猟なり何なりするだろ」

「今の今まで、放っておいても勝手に落ちて来るような果実が主食だった群れに、狩りの手法なんて継承されてませんよ。それに……」

お嬢は、ルドルフと、その手をつなぐ、テトナ嬢を見た。

「……コボルドたちは、人間と交流がありました。自分たちと違うけれど、危害を加えない隣人が。森のコボルドたちにとって、他の生き物というのは攻撃する対象ではなくて、共存する対象です。だから――獲物を狩らずに得られる食べ物は、もうそれしかなかったんです」

最初に口にしたもの以外を、食べ物として認識できない『刷り込み』の習性。

甘果実を確保できなくなった親世代は、もはや飢えて死ぬ以外に道がない。

だが、彼らは生き延びねばならなかった。個体ではなく、種の存続を賭けて。

次の世代を繋《つな》ぐため、甘果実が手に入らぬ以上、代替の餌を用意する必要があった。

「なんとか身ごもった個体が子供を産み落とし、その子供に自分自身を喰わせれば、次世代は餓死を免れることができます。仲間の死体だって集めたことでしょう、それらを与えられた子どもたちは、仲間の死体を餌として捉えて食いつなぎました。これで甘果実の味を知らない、コボルドを生まれて初めて食べた、肉の味しか知らない第二世代の完成です」

――もはや、母コボルドは元の形をなしていなかった。それでもなお子供たちの食欲は旺盛で、溢れだす内蔵すら、地面に舌を這《は》わせて啜《すす》る。

うぇ、と、テトナ嬢の喉から、嫌な声がした。

「食う物に困窮したからではなく、純粋に餌として、同族の肉を喰う種族に変じた彼らは、残りの果実を独占した群れを、どう認識すると思いますか?」

彼らの主食は、自然と、他のコボルドだということになる。

少し時間がたてば、樹はまた果実をつけるだろう。だが、同族喰いを果たした群れにとっては、もうそんな物はなんの役にも立たない。食べ物として認識されない。

供給が需要に追いついた時、もう全てが手遅れだった。

「そうして、共食いの結果、何が起こったかと言えば、コボルドの絶対数がそもそも減ってしまったんです。主食《コボルド》が減ってしまって、彼らはまた飢えた。そんな時、ちょうどよい獲物が、森の中に現れたんです」

彼らは親を喰ってしまった。だから人間という存在を教えられていない、継承できていない。

群れの中で認識の共有ができていなかった以上……それはとても喰いごたえのある、獲物に見えたことだろう。

「飢餓によって死にものぐるいになったコボルドたちが、一斉に不意打ちを仕掛けてきたら、健康な大人でも危ういですし——実際にそうなりました」

子供は、食事を続けていた。頭蓋をかち割り、その中身までもを舐めて、細く折れそうな骨をひたすらしゃぶり尽くす。

テトナ嬢の父親も、こうやって貪られたのだろうか。生きたまま食われたのか、天が微《かす》かな慈悲を与え、命を奪われた後に贄《にえ》となったか。我輩らがそれを知る由もない、骨の欠片が残っていたとして、それを判別する手段もない。

「………グルル？」

ようやく。ようやく我輩らに気付いて、こちらを見た〝人喰い〟どもの、その形相と言ったら。

血に濡《ぬ》れて固まった体毛に、瞼《まぶた》を捨ててきたかのような剝き出しの瞳、生臭い呼気を繰り返す口、紅い雫《しずく》を垂れ流す舌。

これをコボルドと言われて、誰が信じるだろう。臆病で愛嬌《あいきょう》のある顔立ちなどどこにもない、これはただの肉食獣である。同族喰らいの、魔物《モンスター》だ。

「リーン、こいつら」

「無理です」

小僧の言葉を遮って、きっぱりと、お嬢は言い放った。

「こうなったら、無理です。矯正も共生もできません。共食いでしか生を繋《つな》げない生き物は、もうその時点で終わっています」

ひたひたと足音を立てて、母を貪り終えた赤子たちが、迫ってきた。

「他の生き物を継続的に狩猟できるほど、コボルドは強くありません。一度二度はなんとかなっても、その次にはもう繋がらない」

座りきっていない首をゆらゆらとゆらし、まだ足りないと言いたげに喉を鳴らし、もっと寄越《よこ》せと舌なめずりする。

「何より、ルドルフ君を始めとする、他のコボルドは彼らを許しません。仲間を喰われているわけですから……数が減ったあとは、淘汰《とうた》されるだけです。彼らは、生き物として、詰みました」

コボルドは多産の生き物だ。だから子供を生んだ時点で母親が喰らわれる彼らは、子孫を残す芽が消える。

コボルドは賢い生き物だ。仲間同士で手を取って外敵と戦える。

彼らはその輪に加われない。敵とは彼らのことだからだ。

コボルドはか弱い生き物だ。臆病で可愛らしいから、隣人として生きてこられた。

彼らはその対象にならない。人を喰ったからだ。

急場を凌《しの》ぐために未来が奪われ、今を生きるために現在を奪われ、人を喰ったが故に信頼を築いた過去が奪われ、そして生きようとしたがために——命を奪われることになる。

「我々は……間違って、いたのか……？」

絞り出された村長の呟き。

それに答えられる者は、この場にはいなかった。

勿論《もちろん》、お嬢ですらも。

◆

「ゲル、ゲ、ギュフ、フ」

「グ、グググ？」

顔を見合わせて、何やら言葉をかわし合う〝人喰い〟の子供たちを、テトナは震えながら凝視する。

「……私たちが」

ルドルフに縋《すが》りながら、膝から崩れ落ち、掠《かす》れた声を漏らした。

「私たちが、悪かったの？　私たちの、せいなの？」

目の前のコボルドたちだって、もし村人たちが何もしなかったら——きっと、隣人のままでいられたはずだ。

あるいは……考えてもどうしようもないことだが、もし縄張り争いで、ルドルフたちの群れが負けていたら、今度はルドルフやその子供が、こうなっていたかもしれない。

「ル、ルドルフ、ごめん、ごめんなさい、ごめん、ごめ――」

やがて、相談ごとが終わったのか、ひたひたと近寄ってくる子供たち《コボルド》。

その視線は、テトナと、そのそばにいるルドルフに向けられていた。

さすがの俺でも、その理由はわかる。餌だと思っている。喰おうとしている。

「グルルルル……」

勿論、いかに凶暴化しているとは言え、ルドルフは成体だ。生まれたての赤子に負ける要素がない。

〝人喰い〟のコボルドたちが食い詰めて人を襲ったということは、言い換えるなら『本来食べるべきもの』が手に入らなくなった、ということだ。

それまでの〝人喰い〟どもの主食は他の群れのコボルドだったことになる……リーンの言う通り、ルドルフの仲間も、数多く犠牲になっているはずだ。

だから、ルドルフにも〝人喰い〟たちを恨み、憎み、殺す理由がある。

その証拠と言わんばかりに、牙を剝き出して、テトナをとん、と押して、自分の体から引き剝がした。

「ルドルフ。駄目だよ、やめて」

友達の、そんな形相を、テトナは見たことがなかったに違いない。どれほど脆弱《ぜいじゃく》で、どれほどおとなしく、どれほど優しかろうと、コボルドは魔物だ。

戦う時は戦うし、殺す時は殺す。

「グルルルルァアアアアウ……」

その唸りは、魔物と会話できるリーンには、どう聞こえるのだろう。

「ハクラ」

「……何だよ」

「お願いします」

何を、とまでは言われなかったが。

「わかった」

と、俺は返した。

「ガァ――――」

今まさに、飛びかからんとしたルドルフの頭を、俺は剣の鞘で軽く叩いた。

「キャインッ！」

勢いが殺され、痛みで目を白黒させて、混乱するルドルフに、俺は言った。

「コボルド退治は俺の仕事だ、引っ込んでろ」

全くもって、らしくない。

戦って、倒して、それが冒険者だ。こんな面倒事は俺の仕事じゃない。

「お兄、ちゃん……」

けれど、だからといって全部放り投げる訳にもいかない。

「悪いな、お前ら」

口にしたものの、果たして、誰が悪かったんだろうか。

村人たちはコボルドを悪くは思っていなかった。

彼らに、ひいては自然に敬意を払い、配慮していた。

けれど、それは人間の都合で、コボルドたちにとってはなんの意味もなかった。行為の意味は理解できず、認識を誤り、惨劇の引き金になってしまった。

少なくなった資源を独占に走ったコボルドたちも、悪じゃあない。

それは生き物として当然の行為だ。家族を仲間を守る為に、切り捨てるべきものを切り捨てただけだ。

子供に身を捧《ささ》げた親だって、そのまた子供たちすらも、きっと悪くはないのだ。

ただ当たり前のように〝餌〟と認識し、食事をする為に、ありとあらゆる生き物が当然のように行う生命の営みを、彼らもしていたにすぎない。

生きるということは、そういうことだ。

「くぉぁぅ」

リーンが、そんな声を上げると、どんな意味があったのか、赤子コボルドたちは、俺には目もくれず、その声の主に向かって駆け出した。

すれ違いざま、躊躇《ためら》いなく、俺は剣を振るった。

木の枝を斬るより、手応えがなかった。生まれたての肉と骨は、あまりに柔らかすぎた。

首と胴体が斬り離されて、誰かが誕生を望んだであろう、この世界に唯一無二の、今この時、生まれたばかりのコボルドは、あっさり死んだ。

「どうすればよいのでしょうな」

血の匂いが充満する巣穴の中で、惨劇の始まりから終わりまでを見届けた村長が、ようやく絞り出した一言に、俺とリーンは顔を見合わせた。

「我々《われわれ》の行為が短慮だった……全ての原因は、そこにあったのだと、理解……できました」

しかし、続く言葉は、現状を覆すものでは、なかった。

「だが、村人たちにそれを受け入れさせることは、難しい。我々は多くを失った。感情の行く先を、我々《われわれ》は持ち合わせないのです」

事実を受け入れるよりも、全てをコボルドの責任にして始末する方が、なるほど確かに、合理的だ。

スライムが『よくて三割』と言った理由も、ここにある。

理屈じゃなくて、感情。

これを変えさせるのが、どれほど難しいことか。

「……森に生息している全てのコボルドを、引き続き、駆除していただきたい」

「んなっ！」

リーンからしてみれば、村長のその言葉は開き直りにしか聞こえないはずだ。

自分たちの行いが全ての原因であることを知ってなお、彼らは安心と安全を求めている。

失ったモノの責任を、誰かに取らせようとしている。

そういう時、割りを食うのはいつだって、弱い奴らからだ。

「はぁーっ⁉　ふざけんじゃないですよ！」

そしてコボルドより空気の読めない女は、最大級のマジギレをしていた。

「わかってください、私とて不本意だ。だが村長として、私は村人の生活を守る義務がある」

「～～～～～～～～～っ」

リーンはもはや怒りが先行して言葉にならないらしく、俺の肩をバシバシと叩いた。

「何で俺を叩くんだよ！」

「依頼人を叩く訳にはいかないじゃないですか！」

おお、それぐらいの分別はあったのか……その最低限の良識は、状況を変えるものじゃあなかったが。

村長も、リーンを納得させられるとは思ってないのだろう。その視線は俺に向けられた。

「お願いします、冒険者殿。私にあなたを信じさせてほしい。《冒険依頼《クエスト》》をやり遂げてくれると」

「………………」

今の俺には……ハクラ・イスティラには、どちらを選ぶこともできる。

リーンの非合理な感情に付き合って、一緒に破滅するか。

冒険者として合理的で正しい判断をして、袂《たもと》を分かつか。

ここが、俺の分岐点だ。

「おじいちゃん」

テトナは、膝立ちになってルドルフを抱きしめた。

「私、やだよ、おじいちゃんだって、わかってるでしょ？　ルドルフ、ずっと、ずっと私を守ろうとしてくれてた」

「……ああ」

「それなのに、駄目なの？　ルドルフを、殺すの？」

「彼らは儂《わし》の息子を、お前の父を奪ったのだ。忘れたのか」

「っ――！　それは！　ルドルフじゃない！　ルドルフじゃないもん！」

「だが同じコボルドだ、同じ悲劇がまた起きないとどうして言える！」

「くぅん……」

ルドルフが力なく鳴いた。言葉は理解できずとも、場の空気と流れがどうなっているのかは、理解しているようだった。

「……ルドルフ？」

ルドルフは、そんなテトナを優しく引きはがすと、俺のそばに寄ってきた。

その場で膝を付き、頭を垂れて、自らのうなじをさらけ出し――首を差し出した。

「――――」

コボルドは……いや、ルドルフは、本当に賢い。

今、何を求められているかをわかっている。俺にはどうあがいても敵わないことも、テトナが自分をかばうことで家族との不和が生じることも、正しく理解している。

ここで自分の死を受け入れることが、自分の仲間、全てを差し出す行為だと承知の上で。

「――――」

人喰いコボルドの親が、子供たちに身を捧げたように。

ルドルフは、テトナの為にそれをしようとしている。

「ハクラ」

リーンの声が、俺の耳を叩いた。

「ルドルフ君たちは、もう払うべきものを払いました。これ以上は――バランスが取れません」

「バランス、ね」

人間の浅はかな思慮がコボルドの群れの争いを招き、その結果、同族喰らいが生まれ、人もコボルドも平等に仲間を失い、そして当事者である〝人喰い〟は駆除される。

全員が痛い目をみて、全員が苦しんだ。確かに痛みの天秤《てんびん》は、釣り合っちゃあ、いるんだろう。

その均衡を納得できない奴が、片側に重石《おもし》を乗せようとしている。

ああ、くそったれ。

「……そんなのどうだっていいんだよ」

バカバカしい、何がバランスだ。俺は冒険者だ、知ったことか。

「やめてえっ！」

テトナの悲鳴を背後に、俺は剣を引き抜いて――――。

投げ捨てた。

からん、と乾いた金属音が響き渡る。

「……それがあなたの答え、ということですかな」

村長の声は、半ば諦めを含んでいた。

大きなため息が絞り出されて……けれど、だからといって状況が好転するわけじゃない。

俺たちの《冒険依頼《クエスト》》が失敗となれば、代わりの冒険者がやってきて、今度こそコボルドを一切の区別なく駆除するだけだ。時間はかかるにせよ、それをやらない理由がない。

「ああ……アンタの方針に従ってやるよ。村人が安心して生活していけるように」

俺の言葉の意味を、恐らく誰も理解できていなかった。

リーンも、スライムも、テトナですら、ぽかんとして。

はぐらかされたと思ったのだろう、怪訝《けげん》な顔をする村長に、俺は重ねて言った。

「だからこそ、ルドルフを殺さずに済む方法を探さなきゃいけないんだろ」

「……あなたは一体、何を言っているんですかな？」

「言わなきゃわからねえのかよ」

どうせもう後には引けねえんだ——そう割り切ったら、意外と何でもできる気がした。

例えばそう、頭の固い村長様の襟首を摑んで、怒鳴りつけてやることぐらい。

「〝人喰い〟に父親を奪われて、アンタに友達まで奪われて、本当のことを全部知ってるのに、誰にも言えないまま、全部かかえて生きていくことになるのは、アンタの孫娘だろうが！」


村長が言う村人たちの納得の為に、全てのコボルドを駆除するなら、そのバランスも取る為に犠牲になるのは誰だ。

決まってる、一番弱い奴だ。

村人たちは言うだろう。ああよかった、これで安心だ、もう何の心配もいらないぞ。

テトナちゃんもよかったね、お父さんの仇を討てて、と。

自分たちの手が汚れたことに気付きすらしない村人たちに、仇討《あだう》ちを喜ばれながら、隣人だったはずのコボルドを裏切った罪悪感を、テトナは一生背負わされるのだ。

村長が、テトナを見た。

ルドルフにしがみつき、涙を目いっぱいに溜めて、健気《けなげ》に体を震わせる、小さな孫娘の姿を。

「あ、あああ…………」

「そんなことも気付けねえぐらい、アンタは冷静じゃねえんだ――最初に子供を奪われたのは、アンタだもんな」

「…………あ、ああああああ…………」

手を離すと、村長はそのまま膝をついて、喉の奥から声を絞りだした。

……多分、誰よりも納得できていないのは、村長だったんだろう。

村を治める者として、長くコボルドと共生できていたからこそ……裏切りを許せなかった。

だったら、コボルドが全ての原因であってほしかった。一分の理もなく悪であってほしかった。

リーンが提示した真実は、村長にとって限りなく不都合だったはずだ。

「……ハクラさん、おじいちゃんを」

テトナが、小さな足取りで村長に近づき、肩を抱いて、支えながら、俺を見た。

「おじいちゃんを、許してあげて」

「……別に、怒ってるわけじゃねえよ」

勢いに任せて、言いたいことを言い過ぎた……バツが悪くなって顔を背けると。

「いや、さすがに無理がありますって」

目の前に、リーンの顔があった。半眼でじぃっと俺の顔を覗《のぞ》き込む位置にいて、反射的に顔を逸《そ》らすと、そのまままずい、とさらに顔を寄せてくる。

「あーんなに怖い顔して」

「……そうか？」

「そうですよ。でも、私はちょっと、嬉《うれ》しいです」

その微笑《ほほえ》みは、森の奥で最初に出会った時のそれと、よく似ていた。

「ハクラが駆除の方向に舵《かじ》を切ってたら、後頭部を殴り飛ばすつもりでしたからね」

……ああ、そうかい。よかったよ、短絡的にならなくて。

そんなやり取りをしているうちに、若干は落ち着いたのだろう。

「………だが、どうすればよいというのです」

やがて、村長は顔をゆっくりとあげた。

年甲斐《としがい》なく泣き腫らした目の周りは赤く、しかし、少しは頭が冷えたらしい。

「私の息子以外にも、死者は出ている。今更、悪いのは一部のコボルドだと言ったところで、村人たちは納得しないというのは、本当です」

それもまあ、確かに事実に違いない。

この問題を突き詰めて、誰が悪かったのか、という話になっていくと、果実の早期収穫に踏み切った村長の判断によって村に被害が出た、ということになるわけで。

「村長、言っておくがアンタ、最高に幸運なんだぜ」

「……それはどういう」

「なにせこっちにゃ世界で唯一の魔物の専門家がいるんだからな」

そう言われたリーンは、これ以上ないほど満面の笑みを浮かべながら。

「よくわかってるじゃないですか」

そう言って、杖《つえ》をとん、と打ち鳴らした。

○

それから起こった出来事は、長くライデアに語り継がれることとなる。

一応、我輩が見ていた情景をまとめると、こういう流れであった。

「ギャウグァァァウグォオオウ！」

壁の外からでもよく聞こえる、狂ったような叫びに、村人たちは慌てふためいた。

「何事だ⁉」

「大変だ、村長が！」

その騒ぎはさらに拡大した。孫娘を捜しに、護衛を伴って森へ向かった村長が、怪我《けが》をして転がり込んできたからだ。

「れ、連中に襲われた……テトナが危ない！　奥だ、森の奥に！」

そんな事態になれば、もはや自警団が総出になる案件だ。即座に動ける五人ほどが武装を整え、先行して、言われた通り森の奥へ向かっていく。

「な、なんだありゃ……！」

そこで彼らが見たものは、恐らく想像だにしていなかった景色だろう。

一匹のコボルドがいた。人からすれば小柄で頼りない、村人たちもよく知る、小さな生き物だ。

全身の毛皮に血が滲み、息も絶え絶えで、それでも退こうとしない。

なぜなら、その背後には、一人の少女がいるからだ。

「ルドルフ、いいよ、もうやめて！　逃げて！」

その叫びに、しかしコボルド――ルドルフは引き下がらない。

「ゲギャギャギャ！」

「グェアウ、グアァ！」

「ギィ、ギィ！」

対するのは、そんなルドルフよりも一回りか二回りよりさらに小さなコボルドが三匹。

しかし、その形相は似ても似つかない。〝人喰い〟どもである。

「ギャウ！　ギャウ！」

そいつらは、ルドルフに噛み付いては牙を立て、引き剝がされ、を繰り返している。肉を喰らう悪鬼が如し、だ。

ありえないはずの光景に、村人は戸惑い、そしてどう動くべきか、迷った。

だが、彼らを置き去りに、さらに場が動く。〝人喰い〟がひときわ大きな声で吠えると、さらに後方から、二十匹以上の群れが、ぞろぞろと現れた。

「グウ――――」

さすがにその数はさばけない、と判断したのか、ルドルフがテトナ嬢を守るように、覆い被《かぶ》さる。背中を向け、尾を丸め、わずかたりとも少女の肌を見せないように。

「ルドルフ！」

その声は、傷つけまいとより強く、その体を抱きしめる結果にしかならない。

「お、おい、どうすれば――」

「テ、テトナちゃんを助けて――」

「でもコボルドが――――!」

その折、一体のコボルドが、群れをかき分けるように前に出た。

〝人喰い〟たちはその食料事情から、体躯《たいく》が小さくやせ細っている個体が多いが、其奴《そやつ》のみは例外であった。

ルドルフよりも三周りは大きいだろうか、長い舌をだらりと垂らし、片手には所々錆《さ》びた長剣《ロングソード》を持ち、腰には布を巻いている。

とてもコボルドには見えなかった。それこそ、何も知らぬ者が見たら、人狼《ワーウルフ》かと見紛《みまご》うことだろう。

間違いなく群れの長である、名付けるならば上位種《ハイ》のコボルドとでも言うべきか。

「あ……」

テトナ嬢が、ハイコボルドの腰布を見て、力なく呟く。

「おとう、さん……」

「グルァ……!」

なぜ亡き父の服を体に巻いているのか、武器を構えているのか、誰が父を食い殺したのか。

彼女がすべてを理解すると同時に、ハイコボルドが舌舐めずりをしながら剣を振り上げた。

若くて小さい肉は、さぞかし美味そうに見えたのだろう。

まさに一刀が振り下ろされる、その瞬間。

「「「アオオオオオオオオオオオオオオオオオオオオオオ!!」」」

数多《あまた》の咆哮《ほうこう》が重なって響き、号砲となって天を突く。

さすがの〝人喰い〟たちにも動揺が走っただろう、人間にとってはただの獣の鳴き声であっても、彼らにとっては明確な敵意を向けられているサインなのだから。

「間に合いました、全員、突撃っ！」

森の空気を凛《りん》とならすその一声にあわせて、さらに数十匹近いコボルドたちが湧いてきた。

ただし、それは〝人喰い〟どもではない。村人たちが、あるいは世の人々がよく知るコボルド、そのものだ。

い、い、い、い、い、い、い。

ルドルフの群れの仲間である。

「ガオオオオッ！」

「ギャア、ギャアウッ！」

彼らは、テトナ嬢や村人たちには一切目もくれず――それどころか、〝人喰い〟から彼らを守るように布陣した。

「右から攻めて！　追い込んでください！」

そして、それを率いるのは、他の誰でもない、お嬢であった。

杖を掲げ、その先端を、とん、とん、と地面にぶつける。そのリズムに合わせて、コボルドたちが、一糸乱れぬ動きを見せる。

「あ、アンタ、冒険者の――何が起きてるんだ⁉」

村人たちの疑問は当然である。なぜ彼らにとって『裏切り者』たるコボルドたちが、いなくなった村長の娘を守り、戦っているのか。そしてなぜ冒険者の娘がコボルドに指示を出しているのか。

「勿論《もちろん》――――村人を襲った、悪いコボルド退治です！」

お嬢は、愛らしいウインクを一つ添えて、叫んだ。

その間にも、お嬢が率いるコボルドたちは、数に勝る〝人喰い〟たちを容赦なく圧倒した。

そもそも、凶暴性を問わないのであれば、食糧難に喘《あえ》ぐ栄養失調の群れと、十分に森の恵みを得ている群れである。

お互いが殺意を持ってぶつかり合えば、勝負になるはずもない。

爪を立てて腕を振るうだけで、面白いように倒れ、逃げ惑う。

「ギイイイイ――――！」

ルドルフの群れはお嬢の指示に従い、決して一対一にならず、必ず複数体で攻め立ててゆく。

ここまでされては、〝人喰い〟の群れに勝ち目などありようもなく、一匹、また一匹と後退せざるを得ない。

「ゴアアアアアアアアア！」

次々と仲間がやられていく情勢を見て、ハイコボルドの行動は速かった。

群れの長ということは、その分強く、知能も高い。

勝ち目がないと判断するや否や、踵《きびす》を返し逃走を選んだのだ。その判断力の高さが、彼をここまで生き永らえさせたのだろう。

ただし――。

「よう、お疲れ」

彼らの逃げ込む先は、この場において何より危険な死地である。

「それと、じゃあな」

コボルドたちの逃走経路に待ち構えていた小僧が、ミスリルの剣を容赦なく振り抜いた。

次々に首を落とし、慌てて引き返し逃げようとするものは、しかし後ろで壁を作る、コボルド達が逃さない。

「ギ、ギィッ！」

人間と魔物の連携という、本来ありえない追い込み猟の末に。

「あとはお前だけだ」

生存する〝人喰い〟は、ハイコボルドただ一匹となった。

〝人喰い〟が武装した村人たちを殺戮《さつりく》し、捕食した。

その出来事自体、連中にとっては偶然に偶然が重なった結果の奇跡だっただけで、どれだけ飢えようとも、コボルドはコボルドである。

最弱の魔物である、という事実は何一つ動かない。

ルドルフを始めとする、元来この森に生息するコボルドたちは、生来争いを好まない、というよりも――戦う、という経験がなかったので、天敵と争う、という選択肢を持っていなかった。

〝人喰い〟が現れ、自分たちがターゲットになったと理解した瞬間、彼らは潔く逃げの一手を打ったのだ。

ルドルフだけが、テトナと会う為に、村のそばに巣を構えていたというだけで、コボルド達は喰われ尽くして全滅したのではなく、単に見つかりにくい場所へ逃げただけだったのである。

故に〝人喰い〟たちは餌を確保することができなくなり、人間を襲う羽目になったのだが……彼らはそもそも最初から食い詰めていた――栄養が足りず、どの個体も一様にやせ細っていたことを見れば明らかだ。

（村人たちの前で、コボルドたちが味方であることが証明できればいいんですよね？　だったら、一芝居打ちましょう）

お嬢の力ならば、それができる。コボルドたちを統率し、まとめ上げ、命令通りに動かし、望む結果を得ることが。

テトナ嬢はこの騒動で父親を亡くした、悲劇の少女だ。

その彼女のことを、どれだけ傷ついても守り抜き、命がけで尽くしたルドルフと仲間たちを見せつける。

ただ、囮《おとり》になるのはどうあってもテトナ嬢である。村長と小僧は大いに反対したものの、当の本人が、二つ返事で了承した。

（だって、ルドルフのこと、信じてるから）

それは、ルドルフにとって、十分『戦う理由』になりうる。

後はルドルフから仲間の場所を聞き出したお嬢が、巣穴を一つ一つ訪ね、コボルドたちを（物理的に）説き伏せ、集めて、指示通りに動かせばいい。

お嬢はあらゆる魔物を従わせる、〝魔物使いの娘〟である故に。

そしてテトナ嬢を守ったという実績があれば、村長もコボルドたちをかばいやすくなる。あとは、都合よく村人たちが解釈できるようにすればよい。

その様を見せつけて、殺せ、となお言い切れる者が、どれだけいるだろうか。


「ガ、グル……グ……！」

眼前に冒険者と、断たれた同族の死体の山、背後には餌であったはずの者たち。

「ガルルルル……」

逃さぬよう、輪を作って取り囲むコボルドたちが、剝き出しの怒りを叩きつけている。

狼狽《ろうばい》、動揺、そういった感情も手に取るようにわかる。

「〝人喰い〟コボルドどももある意味じゃ被害者かもしれないけどな……お前は別だ」

言葉が通じるわけでもないが、あえて小僧はハイコボルドに向けて告げた。

「同族喰いを拗《こじ》らせたコボルドってもよ、何も生まれたばかりのガキが、親を喰うほど追い詰められることはないはず……らしいな」

それは、お嬢が巣穴を見聞し、群れの規模を概算し、森の広さを照らし合わせ、個体数を割り出し、分析した結果である。

「リーンの話じゃ、お前らの知能でそれに気付かない訳がないんだとよ」

「ガ、グ、ル……！」

ハイコボルドとて、また小僧の言葉が通じているわけではないのだろう。だが、それが敵意であることは伝わっているはずだ。長剣を握る腕に、力がこもる。

「ましてそのデカさ、どれだけ食った？　なあ……お前、養殖してたんだろ？」

〝人喰い〟コボルドたちが同族の枠を越えて、ついぞ人間に手を出すまで困窮した理由。

一番強い個体による、食料の独占――彼らの主食はコボルドである。

そしてコボルドは多産で、出産ペースが速い……ならば最適解は、食料を産ませることだろう。

その仕組みを独占し、食事から栄養を余すことなく吸収できる体で、喰うに喰うを重ねて生まれたのが、このハイコボルドだ。

他の個体が飢えても、己だけは腹を満たし続けてきた、この一連の事件の業の果て。

そんな一番強く、一番賢い個体だからこそ……理解できる。

「人間だって喰えるんだろ？　ほら」

剣を構えた、この冒険者に。

「かかってこいよ」

自分《ハイコボルド》は、絶対に勝てないということが。

遺《のこ》された〝人喰い〟は、考えた。コボルドとして生まれた知能を、最大限に奮って。

「ガ！　ギ、ギィ、ギヒヒ、ギャウ！」

そうして、彼が選んだのは、食事だった。

コボルドを喰うコボルド、主食は同族、ならば目の前に積まれた骨と皮の残骸は、ご馳走だ。

先ほどまで、同じ肉を喰らおうとしていたその死体に、最後の〝人喰い〟は喰らいついた。もはや仲間であったとか、そういった繋がりを一切感じさせることのない、本能だけが、そこにあった。

「ギャウ！　ギャウギャ！　ギャウ！」

この生き物が生き延びたとして、どんな未来が待っているのだろう。

その答えは、未来永劫《みらいえいごう》出ることはない。突き立てた牙が、咀嚼《そしゃく》を行うその前に、小僧の刃が速やかにその首を刎《は》ね飛ばした。

◆

冷気を感じて、目を覚ました。空は、まだ太陽がのぼり始めたばかりで、ほんのりと薄暗い。

昨晩、村の広場で行われた宴会は、それはもう凄まじいモノだった。果実酒と鶏肉がとめどなく供され続け、全ての悪夢を忘れようとするかのごとく、誰もがひたすら飲み食いを続けた。

新たに発見した事実といえば、リーンという女の胃袋に許容限界というものは存在しない、という再認識と、コボルドは酒を飲むと一発で酔いつぶれる、ということだった。

「……はぁ」

力尽きて、地面に寝転がる村人たちと、その横で丸くなっているコボルド、と言った光景が、そこかしこで見える。良識のある女衆や責任ある立場の者どもは、宴もそこそこに家に戻ったはずなので、こうしてつぶれている連中は正真正銘駄目人間どもだ。

「ハクラ」

水でも飲もうと井戸に向かうと、リーンが先に桶《おけ》を汲み上げたところだった。意外なことに、そのままカップに水を汲《く》んでくれて渡してきたので、受け取って、ぐいっとあおった。

するりと冷たさが喉を通って、全身に水分が染み渡る感覚。

「お疲れさまでした、いやあ、美味《おい》しかったですねえ……鶏もお酒も」

「そっちかよ」

うっとりした目で宴を振り返るこの女が、村の貯蓄の何%を食いつぶしたのか、考えるだけでもライデアに申し訳ない気分になる。

「いえ、まぁ他にもありますけども」

「あ？」

「今回の件に関して私が言うべき言葉は、ありがとうございます、ですね」

「…………」

「……なんですかその顔は」

「お前って礼とか言えたんだなって――冷てぇっ⁉」

飲もうとしていた水を容赦なくぶちまけてくるリーン。そうだ、この女はこういう奴だ。

「そりゃあ私だって、年に数回ぐらいはお礼を言いますとも」

「頻度が少なすぎる……」

「こほん、今回は……私だけじゃ、ルドルフ君のことは守れませんでしたから」

「別にあいつを守ったつもりはねえよ」

「でも、アオには私を裏切ってもいいって言われてたんでしょう？」

「……知ってたのか」

いや、そんな物騒な物言いではなかったが。

「……あーあー！　人間って、ホントわかんない！」

小さく、しかしはっきりとした声で、リーンは叫ぶ。

「あれで納得しなかった村長さんのこともわかりませんし、ハクラ、あなたもです！」

「俺もかよ」

「ええ。あんなに怒ったことが、ちょっと意外でした。ハクラからしたら、村長さんに従ったほうが楽でしょう？　元々、私のやろうとしてることに反対だったじゃないですか」

そう言われればそうなのだが、明確に答えを返すのも癪《しゃく》だったので、俺はそっぽを向いた。

「あれでコボルドも全滅させて、はい解決――じゃ、さすがに気分悪いだろ」

心なしか、リーンの表情に、陰りというか……気を使っているというか。

そんな気配が見えて、思わず笑ってしまった。

「……いちおー、私、心配してあげてるんですけども」

むす、と頰を膨らませる様は、まさしく子供のそれだ。

「…………借りを返したんだよ」

「借り？」

あまり言いたくなかったが、これ以上ぼやかして、変な空気になっても困る。

顔を背けて、俺は仕方なく本音を吐き出した。

「泣かせるつもりはなかったんだよ」

コボルドどもに対して、俺は元々、何の情もない。

依頼人が殺せと言えば殺すし、殺すなといえば殺さない。

だけど、テトナを泣かせてしまったことだけは、俺のミスだ。

村人に帳尻合わせを求めるなら、俺だってそうしないと不誠実ってもんだろう。

そう、つまり……バランスが取れないのだ。

「………私、ハクラのことがちょっとわかりました」

「なんだそりゃ」

言い返すのと同時、反射的にその瞳を見てしまう。

その瞬間、敗北が確定することがわかっているのに、つい、だ。

リーンは、にやりと笑――わなかった。

嬉しそうに、年相応に。

気取らず、飾らず、ごく自然に。それは多分。

「言うと怒りそうなので、言いません」

俺が初めて見た、リーンの純粋な笑顔だった。

◆

後日談、というか、本筋に関係ない、蛇足の話。

ちゃっかり村の宴に参加して、しこたま酒を飲んだはずなのだが、御者の親父《おやじ》はどこまでも元気だった。積むものを積み込み、荷物をまとめ、あっと言う間にライデアを発《た》つ時間がやってきた。

「どうも、ありがとうございました」

見送りに来たのは、村長と、テトナと……その横で尾を振る、ルドルフだった。

「村人たちには、機を見て真実を話すと致します」

結局、なぜコボルドたちが人喰いに走ったかを、ほとんどの村人たちは知らない。俺たちも含め口裏を合わせ、たまたま凶暴な群れが生まれた、ということになっている。

「リーンさん、ハクラさん」

テトナは、相変わらずルドルフと手を繋いでいた。

「ありがとう、私、ルドルフと、友達でいられるよ」

「くぉん」

「俺は礼を言われるようなことはしてねーよ。つーか、大変なのはこっからだろ」

俺の言葉に、テトナはうん、と頷き。

「でも、私、やるよ。ルドルフも、ルドルフの子供も、その子供とも。ちゃんと向き合う。ライデアを、そういう村にする」

村長は、その宣言に苦笑していたが、最低限、この村に関わった者としては、まあうまくやってくれと思うばかりだ。

「おい、ルドルフ」

「くぉん?」

「ちゃんと守れよ」

「――バウッ!」

……まあ、なんとかなるだろう。関わってしまった以上は、うまくいくことを願うしかない。

「よっし、それじゃ出発だ!」

やがて、馬車がゆっくりと動き出す。だんだんと、ライデアの村が見えなくなっていく。

「……しっかし、割に合わなかったな」

「えー、たくさん飲み食いできたじゃないですか、相対的にプラスですよ、プラス。干した甘果実もたくさん貰《もら》いましたし、しばらくおやつには困りません!」

「お前ほんっとうに食い意地が最優先なのな……」

暖かい日差しに、果実で膨らんだ腹、適度な馬車の揺れ。

「すやあ……」

それらが重なった結果、ほどなくしてリーンはすやすやと寝息を立て始めた。

本当に自由で、警戒心のない奴だ……いや、こいつを守るのが俺の仕事なんだが。

「……なあ、スライム」

『どうした？　小僧』

それから少し待って、まぶたの動きでリーンが確かに眠っていることを確認してから、御者のおっさんに聞こえないよう、俺は声を絞ってスライムを呼んだ。

金髪の枕にされていたスライムは、その姿勢（？）を崩さずに、声だけを返してくる。

「一つ、気になることがあるんだが」

『我輩が聞いて、答えられることならば答えるが』

それは、単なる俺の想像だ。

得られた情報をつなぎ合わせて思いついてしまった、単なる仮定の絵にすぎない。

だけど、確認せずにはいられなかった。

それは……今後の方針に、大きく関わる。

「俺が手当たり次第コボルドを狩って、この《冒険依頼《クエスト》》を終わらせたら、どうなってた？」

問いかけに、スライムは数秒ほど間を置いた。

『…………』

「何だよその沈黙は」

ぐねぐねと体を震わせると、スライムの眼……に見える二つの核が動いて、俺の方を向いた。枕が動いたせいか、リーンがんぐぅ、と不快そうな声を漏らした。

『――――小僧、貴様の想像通りだ』

「…………」

今回の一件は、村人とコボルドたち、お互いの無理解によって生じた〝歪《ひず》み〟が原因だ。

人間がコボルドたちのことを知らなかったように、コボルドたちも人間のことを知らなかった。

弱肉強食は自然界の掟《おきて》で、リーンはそれ自体を否定していない。

事態の発端こそ人間にあったが……俺たちがライデアに着いた時点で、村人たちはすでにその代償を、同朋《どうほう》を失うという形で支払っている。

その間を取るために、〝歪み〟である〝人喰い〟たちを取り除き、元の鞘《さや》に収めようとした――リーンは、終始バランスを取ろうとしていた。

コボルドを全て駆除する、というのは、釣り合ったはずの天秤を、さらに傾かせる行為だった。

「……コボルドを喰うのは、何も同族喰らいのコボルドだけじゃない」

種族としての弱さを繁殖能力で補っている種族、それがコボルドだというのなら。

純粋に食料として――コボルドを喰う種族だっているはずじゃないのか。

それが人間の活動する範囲には目につかない、森の奥の出来事だというだけで。

人間の生活圏にそいつらがでてこなかったのは、コボルドが森の手前から奥まで、浅く広く分布して、緩衝材としての役割を果たしているから、と考えれば。

ギリギリだったはずだ。コボルドたちは活動圏を狭め、身を隠すようになっていたのだから。

祭りが近づき、果実が足りなかったから、森から収穫したのは人間の都合だった。

今度は、それがコボルドに変わる。自然界からコボルドという食料が消えてしまえば。

捕食者たちは、同じように代わりを探し、普段踏み入らない領域まで足を延ばすだろう。

例え魔素が薄く、強い魔物の生息に適さない、人間の領域であっても。

喰わなければ、死んでしまう……それが、生きるということだ。

リーンは、あえてそれを、村長たちに説明しなかった。

事実を並べ、真実を暴き、全てを解決する選択肢を提示した上で、自分たちの都合を優先するのであれば……その結果も受け入れなければ、バランスが取れないのだから。

ライデアは、真の破滅を紙一重で回避したわけだ。

隣人を再び受け入れるという、リスクと引き換えに。

……当のリーンは、枕の調子が戻ったせいか、再び気持ちよさそうに寝息を立てている。

『ふむ、しかし小僧よ』

村で失敬してきた甘果実を弄《もてあそ》びながら、スライムが言った。

「あん?」

『面倒だったただろう?　お嬢と一緒にいるなら、毎回こうなるぞ』

「はっ」

思わず鼻で笑ってしまった――――そんな事、重々承知だ。だから。

「……あぁ、そうだな、面倒くせぇ」

心の底から溢《あふ》れた感情に従って、俺はそう返した。

それ以上、スライムは何も言わなかった。

必要階級Gランク、報酬は雀《すずめ》の涙。

しかし労力で言えば過去最大レベルの、リーンと出会って初めての《冒険依頼《クエスト》》は、ひとまずこういう形で終わった。

Monster Master Girl

~Green-eyed girl~

第二章

死ぬということ

Monster Master Girl

~Green-eyed girl~

今日も〝奴《やつ》〟が村のそばをうろついている。

レストンは小さな村なので、内々でなんとかできない問題があれば、村長たちが長い時間をかけて、会議という名の責任の押し付け合いの末に、結局は専門家に任せるのが一番だろう、という結論に達して、冒険者を頼ることになる。

そうなると、早馬で往復まる一日かかるエスマか、その三倍は遠いクローベルまで足を延ばさねばならない。

レストンは辺鄙《へんぴ》な村だ。定期的に行商人が訪れ、名産の革細工や牛の加工品を買っていってはくれるけれど、得られる収入は村人の日々の暮らしを賄える程度。

特に革細工なんかは、需要が村の外のさまざまなことに左右されるけれど、流行《はや》り廃《すた》りを都会に行って調べよう、なんて人はいないのだ。

村の重役たちはそれを満ち足りている、贅沢《ぜいたく》は敵だと女神様の教えを引用してそう言うけれど、要するに大きな変化を望んでいないだけなのだと思う。

幸い、この近辺は魔物がほとんど出ない。川に囲まれている、という恵まれた立地のおかげもあるかもしれないけれど、昔からそうやって過ごしている大人たちはそのありがたさを自覚しない。

老人に至っては魔物なんてコボルド程度しかいないのに、外壁を築き、維持に努める他所《よそ》の村を、露骨に馬鹿にすることすらある。

そんな村なので、『魔物が現れる』というのはそれだけで大きな事件であり、非常事態だ。

それこそ、コボルドであれば石を投げて追い払えばよいが、今、私の視界に映る〝奴〟は、人間の形をしている。

「…………」

肉の削《そ》げた体、腐り落ちた瞳、むき出しの骨。

死んだはずの人間。動かないはずのむくろ。

こちらに向かっては来ない、遠くから、ただじっと村の中を眺めている。

「早く帰ってきてよ、アレン……」

腰が重くけちくさい村長も、すぐそこにあんなものがいては話は別だ。

エスマへと馬を出したのは数日前の話だ。まだ戻って来ないところを見ると、対応できる人員がいないのかもしれない、焦燥感だけが募っていく。

けれど、あれを退治する手段は私たちにはない。なぜなら……。

○

「はあ、リビングデッド、ですか?」

お嬢がエスマに戻って二日目の朝、ギルドに新たな《冒険依頼《クエスト》》を求めて向かって早々、職員にそう切り出された。

「ええ、エスマから南東にあります、ライデアとは逆方向――レストンという村ですね。その周辺でリビングデッドが出たと」

エスマのギルドに務める受付担当のエリフェル嬢は、つり目に眼鏡《グラス》、ギルドの支部共通の職員用制服を着込んだ、洒落《しゃれ》もお洒落も通じない、お嬢との相性の悪さが約束された、生真面目が呼吸しているような女性である。

エスマに停留するようになってから、何度か彼女を窓口に《冒険依頼《クエスト》》を受けた結果、お嬢の能力を見込んでか、淡々と事務的に、平然と面倒事を振ってくるようになったのだ。

なので最近はエリフェル嬢がいないタイミングを見計らってギルドに向かっていたのだが、ヒドラの件で報酬をふっかけたり、ライデアの件で《冒険依頼《クエスト》》を時間をかけて吟味した結果苦情が入ったらしく、カウンターにお嬢が顔を出して早々、職員が入れ替わる形で姿を現したという訳である。

エスマのギルドは正式に彼女をお嬢担当にしたようだ、厄介事を押し付けたとも言えるが。

「なんでそれを私が？　神官なり教会騎士あたりの仕事でしょう。いつも森ごと村ごと焼き払ってるじゃないですか」

生ける屍《リビングデッド》や動骸骨《スケルトン》、幽霊《レイス》といった、いわゆるアンデッドの処理が、一般の冒険者に回ってくることはあまりない。

死者を祓《はら》い清めるのは女神の御業である《浄化魔法《ピュリファ》》が求められるため、それらの問題はまず教会へと持ち込まれるのが通例であるからだ。

アンデッドも魔物の一種である以上、〝魔物使いの娘〟たるお嬢の専門分野には違いないのだが、ギルドと教会は非常に仲が悪く、バッティングが生じると面倒なトラブルに発展しがちである。

ましてお嬢は『原初の魔女《リングリーン》の正当後継者』であり、教会は魔女を唾棄すべき存在と定義している。

それはもう相容《あいい》れない。

よってよほどの問題がなければ、教会に関わらないように……というのがお嬢の方針であり、我輩も大いに賛同するところである。

だが、エリフェル嬢は淡々と変わらぬトーンで返答した。

「対応できる人員がいないんですよ。今エスマの教会にいるのは、浄化の技能を持たない未洗礼の修道女《シスター》のみ。駐留している教会騎士は現在出張中です」

「教会騎士が？　なんでまた」

教会騎士は教会における武力の要であるから、担当の街を離れる、というのもそれなりに珍しいことではある。

お嬢が気のない返事を返すと、エリフェル嬢はこちら……ではなく。

背後で口を挟まず話を聞いていた小僧……お嬢の同行者であるハクラ・イスティラへと視線を向けた。

癖の付いた白髪に、血のように赤い瞳。男としてはそこまで上背があるとは言えないが、小柄なお嬢と比べれば偉丈夫に見える。当人は他人事《ひとごと》のようにあくびなんぞをしていたが。

「リリエット……エスマの西方にある商業都市ですね。そこで魔女裁判があったのですが」

そう言われた瞬間、ごふ、と吹き出した。

お嬢は嫌そうに眉を顰《ひそ》め、軽くつま先で小僧の脛《すね》を蹴った。

ちょっと良い音と、ぐお、というくぐもった悲鳴が聞こえたが、まあよいか。

「その一件で【聖女機構《カルブンクルス》】が動いたようで、警護と移動のためにエスマを出してしまったんです。なので人手不足で」

その名前が出た途端、お嬢の嫌そう度が更に増していく事から、何があったか察してほしい。

エリフェル嬢は表情を一切変えず、視線を一切動かさず……つまり、片膝で脛を押さえる小僧を見たまま言った。

「貴方《あなた》が原因である、とも言えますし。ねえ、〝魔女狩り〟のハクラさん」

お嬢と我輩もまた、その一言で同時に小僧を見る羽目になった。

脛を押さえ、しゃがんだまま、顔をそらし、目をそらし、なるべく我輩らを見ないようにしている。

「…………」

「いや待て違うんだって話を聞けって」

〝原初の魔女〟の後継者たるお嬢は、小僧からすすす、と、短くない距離を取った。

「すいません、ちょっと用事を思い出しちゃって……」

「ギルドで《冒険依頼《クエスト》》受ける以上の用事はお前にはねえはずだろ⁉」

「何が目的で私に近づいてきたんですか！」

「お前が！　俺に！　近づいてきたんだろうが！」

「そうでした！」

勢い任せで喋《しゃべ》る時、都合の悪い事実を忘れるのはお嬢のたくさんある悪い癖の一つである。

「でもでも、なんで黙ってたんですか！」

「初手で魔女の子孫を名乗るやつにそれ言って放置を選ばれたら今度こそ死ぬからだよ！」

我輩らを最大限警戒して色々難癖をつけてきていた割に、冒険者らしく打算的に思考していたらしい。

「失礼なこと言わないでください！　放置なんてしません！　ちゃんとトドメを刺して埋めて行きます！」

「じゃあ言わなくてよかったなあ！」

ぎゃあぎゃあと言い合う二人をしばらく眺めていたエリフェル嬢は、ふいに両手をバチン、と叩《たた》いた。

「戯れはそこまでにしていただいてよろしいでしょうか」

「「はい……」」

真面目な人間が、真面目に怒ると、真面目に怖い。

二人が声を揃《そろ》えて返事をすると、エリフェル嬢は書類をカウンターの上に置いた。

「糧食は自己負担ですが報酬にその分上乗せを」

「まだ引き受けるとは言ってませんけど……」

「では、他の《冒険依頼《クエスト》》にしますか？　下水道のネズミ退治に《魔晶窟《ましょうくつ》》の採掘ツアー、妖精《フェアリー》避けの灯籠《とうろう》設置など、おすすめの仕事がいくつかありますが」

「駆け出し向《Gランク》けの《冒険依頼《クエスト》》じゃないですかー！」

事実上の選択肢を削られたお嬢は、うー、としばらく唸《うな》っていた。

「リーン」

「なんですか魔女狩りさん」

「うっせぇ。それより報酬は？　割に合うのか？」

お嬢は紙面に目を落とし、盛大にため息を吐いた。

「正直……かなり、いい額です。すっっっっごい面倒臭いですけど！」

「決まりだ、それにしよう」

二人の契約では《冒険依頼》《クエスト》をこなすのはお嬢であり、小僧の仕事は不測の事態に対する護衛である。

冒険者はいついかなる時も合理的に動く生き物だ。仕事がどれだけ面倒でも作業の核はお嬢が行うのだから、実入りの良い《冒険依頼》《クエスト》を選ぶのは、小僧にとっては理に適っている。

「ではそのように処理いたしますので。どうかよろしくお願いします。ご無事でご帰還くださいますよう」

大なり小なり危険な《冒険依頼》《クエスト》に向かう冒険者に対して、全てのギルド職員が並べる定型句を、彼女もまた淡々と言った。

「……エリフェルさん」

お嬢は、ジト目で、エリフェル嬢を睨《にら》みつけた。

「何でしょう」

「その首飾り、センスないですね」

お嬢の視線はエリフェル嬢の首元にある、革細工の首飾りに向けられていた。キッチリと整えられた衣装に、作りの粗いそれは、確かになんとも不釣り合いであるが、人さまの様相に対して苦言を呈するなどというのは完全に難癖である。

「知ってます、それがなにか」

勿論《もちろん》、鉄の女がそんな安っぽい挑発に乗るわけもなく、一言そう言うと、もういいだろうと言わんばかりに、書類に目を落とし、業務へと戻っていった。

「……………えい」

「あっぶねっ⁉」

お嬢の怒りの矛先は小僧へと向き、再度蹴りが飛んだが、さすがに二度目は当たらなかった。

▽

「おはよう、クラウナちゃん」

「おはようございます」

朝起きて、寒さに身震いしながら、身なりを適当に整える。

道行く人々と挨拶《あいさつ》を交わしながら、一日分の水を汲《く》みに村の広場まで行くと、早くから村の奥様方が井戸端会議に花を咲かせている。

「聞いた？　この前ライデアで人が食われたって！」

「嫌ねえ、うちのそばにも時々来るわよ、コボルド」

「単なる噂話《うわさばなし》よぉ、それよりもねえ……」

いつ見ても、彼女達はやかましく、そして賑《にぎ》やかだ。話題はコロコロと移り変わり尽きることはない。

「おはようございます」

「あら、おはようクラウナちゃん」

「今日も綺麗《きれい》ねー、若いわねー」

「羨《うらや》ましいわぁー」

挨拶一つで帰ってくる反応がこれだ。苦笑しながら会釈して、井戸の中に桶《おけ》を落とす。

「っ……」

早朝の井戸から水を汲み出すと、手は恐ろしいほどに凍える。思わず漏れる声を噛《か》み殺す作業までがセットだ。

奥さま方のように、水を弾《はじ》くよう作られた、革の手袋を、私はまだ持っていない。

その様子を見ていた数人が、苦笑しながら私に言った。

「いつも大変ねえ、でももうすぐね」

「アレン君が戻ってきたらねえ」

「ウチの旦那が言ってたよ、筋がいいってさ！　もうちょっとだからねえ！」

その笑みは自分たちの若い頃を想起させる私の挙動と、これから遠くない先に仲間入りをするであろう娘に対するちょっとした祝福だ。

「ええ、私も早く欲しいです、手袋」

きゃあ、と沸き立ち、若い娘はいいわねえ、とまたはしゃぎだす。

レストンを支えるのは、牛の革の加工製品だが、その中でも手袋は特別だ。

男は父親から作り方を学び、女は夫となる男にそれを作ってもらう。

私のように、夫となる男が村の出身でない場合は、誰かに弟子入りして作り方を一から教わることになる。

その技術が一人前と認められるまでは、私の手がそれに包まれることはない。

「早く帰ってきてよ、アレン……」

今日の水はひときわ冷たい。触れたところが、まだひりついて、少し痛んだ。

○

お嬢は基本的にお喋りである。我輩と一人と一匹の旅の間は我輩が受け答えをしていたが、小僧が旅を共にするようなってからは、その応対も小僧がするようになっていた。

お嬢が気ままに喋りたいことを喋り、小僧は適当な相槌《あいづち》を打つ。そんな軽口のやり合いが、今日はない。ひとえにギルドでのやり取りのせいかと思うが、街道は人通りがなく、足音だけが響いているような状態である。

「…………」

「…………」

「……なあ、リーン」

「なんですか」

「この距離感の理由を聞きたいんだが……」

平時であれば、歩幅の関係で小僧が歩みの速度を調整するところ、今はお嬢がぐいぐい大股で速歩きするので、時折小僧が小走りで追いかけてくる羽目になる。

そうして詰まった距離を、お嬢はまた引き離す、その繰り返しである。

いい加減、小僧も疲れたのだろう。何より合理的を良しとする冒険者であるから、このように非合理極まりない状態はなるべく解消したいに違いない。

「わかった、お前の不機嫌の言い分を聞こう」

「言わないとわからないんですか⁉」

お嬢は振り返りざまに我輩を投げつけ――ぐぽぇっ。

「うおっとぉ！」

べちゃりと地面に我輩がぶつかり、飛散せずに跳ねた。

「空腹と寝不足以外でお前は不機嫌になる理由に心当たりがないんだが⁉」

「ほ、他にもありますよいろいろ！　私は気分屋ですからね！」

「それは胸を張って言うことじゃねえだろ！」

それはそのとおりだと思ったのか、お嬢はむ、としかめっ面になった。

ところで我輩、一言文句を言う権利があると思うのだが、もはやお嬢も小僧も我輩のことなど一切視野に入れておらぬ故、いったん様子見か。

「少なくとも私は、〝魔女狩り《ウィッチハント》〟を名乗る連中から、それなりにひどい目にあってますからね」

〝魔女狩り《ウィッチハント》〟、名前の通り、魔女を狩る者。

お嬢の祖先である原初の魔女、リングリーンを始めとして、古来より魔女はこの世界に存在してきた。

人が知恵を積み上げて体系化した魔法でもなく、試行錯誤の積み重ねたる錬金術でもない、この世ならざる《裏界《りかい》》の理《ことわり》を使い、人の世の法則を書き換える者たちである。

大抵の魔女はその力を私利私欲の為に使い、その際、犠牲を厭《いと》わぬことが多い。

なにせ魔女の力は悪魔の力である、その権能を振るう際には生贄《いけにえ》が必要となるのだ。

千年近く前の『魔女戦争』がもたらした被害たるや、南方大陸《コルセウニ》に存在した列島そのものが消滅するほどの、〝大災害〟であった。

……その渦中にお嬢の数代前の〝魔物使いの娘〟が思い切り関わっていたのだが、それはともかくとして。

特に躍起になって魔女を排除しようとするのが、教会である。

エリフェル嬢が名を出した【聖女機構《カルブンクルス》】といえば、教会直轄の〝魔女狩り〟専門機関であり、ありとあらゆる手段を講じてこの世から魔女を絶滅させることを目的としている。

そして魔女退治は危険な仕事故、冒険者に《冒険依頼《クエスト》》として回ってくることも、時折だが、ある。

「………とりあえず、黙ってたのは悪かった」

本当に申し訳ないとは思っているらしい。小僧にしては珍しく、なんともバツが悪そうであった。

「俺の出身は知ってるだろ……あー……スライムよ」

相変わらず、小僧は我輩の名を呼びたがらない。人間を人間と、森人《エルフ》を森人と呼びつけるようなものであるが、この場にいるスライムは我輩だけであるから、仕方なく応じてやる。

『魔女の庭にして古き魔女イスティラそのものの名であるな』

名前の後に記される出身地名《ホームネーム》は、その人物の出身地か、定住している村や街の名を指す。

冒険者はそのほとんどが旅人であるから、必然的に故郷の名ということになる。

村や街の名は通常、その場所を開墾した者、長の名を取る。エスマという街を最初に作り上げた者の名はエスマであるし、テトナ嬢の祖先の名はライデアであるということだ。

しかしながら、当人が二千年以上の長きにわたり君臨し続けるような場所は、魔女の庭以外ありえない。

小僧の顔がどんどん歪《ゆが》んでいくのは、それが好ましくない記憶と結びついているからであろう。

「俺は運よく、あそこから出られたが……俺は魔女が嫌いだ」

その感情が紆余曲折《うよきょくせつ》を経て〝魔女狩り〟に繋《つな》がったというのは、むしろ自然な流れとも言える。

「偶然魔女を倒す機会があって……俺が単独行動してる時の話だけどな。そんなことを何度かやってたら、ギルドから名指しで依頼が入るようになった」

魔女を仕留めたことのある冒険者などそうはおらず、ギルドは向いた仕事を冒険者に斡旋《あっせん》する組織であるから、その流れは必然であったということか。

「別にそれがメインってわけじゃねえけど、わかりやすかったんだろ」

「じゃあ、なんで私についてこようと思ったんです？」

「お前がのっぴきならない状況を作ったからだが……？」

お嬢が小僧に持ちかけた条件は、状況を鑑みれば脅しに近かったと思うのだが、本人はすっかり忘れているらしい、と思いきや。

「確かに私はハクラをどのような手段を使っても連れて行こうと思ってましたけど」

「おい」

ちゃんと自覚はあったらしい。

「他にもやりようはあるじゃないですか。預金を崩すなり、お金を借りるなり。ハクラはB級の冒険者なんですから、《秘輝石《スフィア》》を担保にできますし」

それもお嬢の言う通りで、冒険者は審査に通れば実績に応じて一定の金額を借り入するシステムがある。無論、前提となる信用あってのことだが、小僧の場合は特に情状酌量の余地があるし、装備の立て直しをして仲間を追う、ということもできたはずだ。

数十秒、小僧は黙っていた。短気なお嬢ではあるが、言葉を選んでいることは理解できたようで、返事を待っていた。

「……気になったからな」

「え、私の美貌とかにですか」

「お前のその底なしの自信はどこから出てくんだ？」

「可愛《かわい》い顔と、大きい胸と、綺麗《きれい》な瞳です」

おお、絶句するな小僧。この程度の自尊心はリングリーンの娘であれば標準装備なのだから。

「……そうじゃなくてだ。俺が知ってる原初の魔女のおとぎ話には、こう書いてあった。世界で唯一、善良を成した魔女だってよ」

「はあ、そうですけど」

「そうですけどってお前……」

本当にいろいろ言いたいことを呑《の》み込んだのだろう、小僧は一度大きく息を吐いた。

「……本当に善良な魔女がいるんだったら、見てみたいと思った。少なくとも俺が見てきた魔女はどいつもこいつも、自分の目的のためなら何をしても許されると思ってる――外道だったよ」

「……ハクラ基準での善良ってなんなんです？」

お嬢は別に自分が善人であるとは思っていないので、若干身構え気味ではあったが。

「さあ」

小僧はあえてお嬢から顔を逸らし、口元を押さえて言った。

「面倒で割に合わない《冒険依頼《クエスト》》を受けて、コボルドを助けようとする奴とかじゃねえのか」

「な、なんですかそれ！」

お嬢が足を振り上げ、小僧はひらりと身をかわした。これで一勝二敗である。

「ていうか、それだとハクラだって……」

「んだよ」

「………なーんでもないです」

我輩を拾い上げ、拗《す》ねて歩き出すお嬢のあとを、やっぱり小僧がついてくる。

しかしその足取りは先ほどよりも荒くはなく、結局、ほぼ隣り合うような歩みの速度になった。

「あとはまぁ、アイツらと合流するまでは護衛をするって契約だろ。俺だって冒険者だ。交わした契約は、きっちり守る」

「当然です、契約は何よりも大事ですから」

それは、冒険者でも魔女でも魔物使いの娘でも変わらぬ、この世の大事なルールである。

▽

「すぐに戻るさ、早ければ明日の昼にでも」

アレンはそう言ったが、やはり見送る立場としては心配だ。何より、彼がそばにいないのはどうしたって心細い。

「それとも一緒に来るか？　馬には二人乗れる」

「その分、馬の疲労も増すし、もし対応できる聖職者が見つからなかったら、何日か滞在しなきゃいけなくなる。一人増えたらその費用も二倍でしょう?」

もちろん本音を言うならば、一緒に行きたい。どうせなら聖職者なんて見つからないほうがいい。理由をつけて何泊だってしたい。

けれど、そうなれば、事実はどうあれ、村の危機に便乗して、二人で街遊びに耽《ふけ》ったと受け取られる。私達の居場所は、この村の中になくなるだろう。

アレンは元冒険者だ。エスマとレストンの往復だって、何度もしてきた。街に行けば顔も利《き》くし、ギルドに対する作法や道理も弁《わきま》えている。それを考えれば人選としては最も適切であるのはわかっているのだが……。

いや、時期が時期だけに、やはり私が必要以上に不安になっているのかもしれない。

「俺には村のほうが心配だよ、〝奴〟が一体だけならいいけど」

「でも、川の流れは越えられないんでしょう？」

「ああ、だから村の外に出なければ大丈夫だ。よほどの事がなければ、橋を架けないように村長には言ってある」

レストンは川に囲まれた村で、跳ね橋を架けない限り、村に出入りするのは困難だ。

身軽な人なら泳いで渡れるぐらいの深さと流れの速さだけれど、水の流れを越えることができない〝奴〟は、たとえ村のそばまで来ても、中に入るのは不可能だ、というのが、さまざまな魔物を相手にしてきた、熟練冒険者だったアレンの意見だった。

アレンがそう言うのだから、私にできるのはそれを信じることだけだ。

「アレン、屈《かが》んで」

「……？」

「いいから」

少し疑問に思ったようだったが、アレンはそれ以上何も聞かず、膝をついた。

その首に、私は紐《ひも》を通すと、そのまま唇と唇を、わずかに触れ合わせた。

「…………寂しがりやだな」

「アナタがそうしたのよ」

革細工の首飾りは、レストンでは、旅路の無事の祈願として、贈られる。

指先で、私の作ったそれに触れながら、アレンは優しく微笑《ほほえ》んだ。

「それじゃ、行ってくるよ、クラウナ」

「行ってらっしゃい、早く帰ってきてね、アレン」

◆

エスマとレストンの間にはそれなりに広い森がある。

街道はそれを避けてぐるりと大回りに配置されているが、俺たちの《冒険依頼《クエスト》》は周辺に湧くリビングデッドの調査・退治と、ついでにレストンの安否確認だ。

馬一匹でも厳しいのに、森を通れる馬車などあるわけもなく、結局直線距離を徒歩で突っ切るルートになった。冒険者の足で歩いてまる一日ぐらいだろうか。

「なあ、リーン」

「むぐ?」

それなりに茂っているが、歩く道がないわけでもない森を歩きながら、昼飯用にエスマで調達したサンドイッチを行儀悪く頬張っていたリーンは、頬を膨らませたまま首を傾《かし》げた。

「ふぁんへふは《なんですか》、はへはへんほ《あげませんよ》」

「取らないから食ってから喋れ、食ってから」

「むぐ………ごくんっ、じゃあ食べてるときに話しかけないでくださいよ!」

「それはまあ俺が悪かったが……」

「悪気があったことを認めるなら態度で謝意を表明すべきでは?」

たった一言話しかけただけでこのありさまだ。俺の分のサンドイッチを一つ、押し付けるように渡すと、えへへ、と笑顔になっていそいそと封を開け始めた。

「でだ。そもそもリビングデッドが湧いたのが、魔女の仕業ってことはないのか?」

また食べ始められると話が進まないので、口に含まれる前に質問を切り出す。

「魔女の? なんでまた?」

「動骸骨《スケルトン》あたりの使役は、魔女のお手の物だろ」

実際に俺が戦った魔女は、墓場から掘り起こした骸骨を使役していた。

「だったら生ける屍《しかばね》も……ってことですか。うーん」

リーンは少し悩む仕草を見せた。見せながらもぐもぐとサンドイッチを食べ始めたので、俺もとりあえず残った自分の分の食うことにした。

焼いた角切りのパンに、薄いチーズと塩っ辛いハムを挟んだサンドイッチは、旅の途中で昼飯として食うには贅沢《ぜいたく》すぎる一品だ。

リーンは金遣いが荒いが、特に飯には金をかける、というのがこの短い付き合いでわかったことの一つだ。まあ、俺の飯代もリーンの財布から出ている以上、別に文句はない。たとえ既に一切れ奪われていたとしてもだ。

「ハクラは……むぐ、リビングデッドの相手はしたこと……ごくん、あります?」

渡した分まで遠慮なく、ぺろりと平らげたリーンにそのまま問われ、聞かれたままに応える。

「動物のリビングデッドは何度か。人型のは話に聞いただけだな」

「ふむふむ、その時はどう対処したんです?」

「首切って頭砕いたら動かなくなったからそのまま放置――――危ねっ!」

リーンのローキックが俺の足を襲い、間一髪回避。これで今日四度目だ。

「避けないでください!」

「地味に痛いから嫌だよお前の蹴り!」

「つま先と靴底に薄い鉄板が入ってますからね」

「凶器じゃねえかオイ」

装備のどこに金をかけるべきか、は常々議論されているが、旅して歩くなら、とにかく靴は妥協しない方が良い、というのは誰から聞いたんだったか。

「ハクラのやり方は、リビングデッド処理のやり方としては一番やっちゃいけない方法なんです！下手すると大事になっちゃいますよ？」

「お前が関わると何事も基本大事になる気がするが……」

「真面目な話をしてるんです！」

「俺もそのつもりなんだが……」

そもそも質問に質問で返されているのは俺なわけで、若干の憤りを感じていると、リーンは人さし指をぴんと伸ばした。

「魔女といえばアンデッド……っていうのはイメージが先行しちゃってるといいますか。そもそもリビングデッドとスケルトンは全然違う魔物なんですよ」

「そうなのか？」

死体が動いている、という意味ではどちらも変わらないように思える。

だからこそ、【死を忘れた者《アンデッド》】と呼ばれているわけだが。

「じゃあちょっと違いを説明しましょうか、リビングデッドとは厳密には動いている死体そのもののことじゃありません。それを動かしている菌のほうです」

つまり、とリーンはその場でしゃがみこんで、木の根元から何かをつまみ上げた。

「歩行茸《マイコニド》の仲間ですね」

細い指の先にあるそれは、どこでもよく見ることができる、肉厚の傘を持つ――キ、ノ、コだった。

「…………マイコニドォ？」

それこそ、魔素がそれなりに濃いこういう森やら、迷宮《ダンジョン》の低階層やらに生息している歩くキノコだ。普通の冒険者なら少なからず遭遇したことのある魔物だろう。

直接襲ってはこないものの、毒の胞子を巻き散らかし、対処を間違うとえらい目にあう。単体なら毒消し薬《アンチドート》でも飲めばよいが、だいたい他の魔物と一緒に現れるから厄介だ。

しかし、リビングデッドのイメージとは全く被らない、いや、ジメジメした場所に居そうぐらいの共通点はあるが。

「キノコは菌糸類、すごーく雑にまとめると、カビの仲間ですね。リビングデッドはその中でも冬虫夏草みたいな、寄生キノコの仲間です。わかります？　冬虫夏草」

「なんか時々《冒険依頼《クエスト》》で調達しろって言われる……あれだろ、虫に生えてるキノコ」

「それです、冬虫夏草が虫に寄生するように、リビングデッドは死体の脳に寄生します、これは人間でも動物でも魔物でも何でも構いません。脳で広がった菌糸はそのまま神経を操って肉体反応を制御して、乗っ取ってしまうんです。つまり死体が動く、というわけですね」

魔物なんてのはそういうものだ、と思っていたので、そもそも何で動くか、なんていちいち考えたこともなかった。

「そして菌糸は今度は脳から血管を通じて筋肉、内臓……とどんどん繁殖を続けていきます。その影響で体が急速に腐りだして、肉が溶けて瞳がこぼれ、皮膚は爛《ただ》れて……と」

「それが俺たちが知ってる生ける屍、か」

「そういうことです。で、リビングデッドも生き物ですから、当然繁殖を試みます。つまり新しい死体を作り、そこに繁殖した菌糸を植え付けようとするわけです。湿度の高い場所を好んだり、本能的に肉を喰《く》らおうとしたり……これは宿主の代謝が止まっちゃってるのであんまり意味はないんですけど」

「ああ、だから噛《か》み付いたり引っ掻《か》いたりしてくるのか」

「そうですね、本能的な攻撃手段に終始します。キノコですから乾燥・高温にも弱いですし、死体以外には寄生できませんから、引っかかれて菌糸が移されてもちゃんと事後処理すれば問題ありません。あと、筋肉を制御して動いているわけですから、物理的に動けなくなるまで損傷すると、後は朽ち果てるのみとなります……その段階になると今度は菌糸が表層に出てきて飛散して、他の死体に運よく取り付ければそこから広がっていく、と」

「えーとつまり、俺のリビングデッドの仕留め方だと……」

「頭を斬って頭蓋を割ったところで菌糸は普通に生きてるので、条件が揃《そろ》えばそこからでも繁殖できちゃいます。なのでお手軽な対処法は、しっかり燃やしちゃうことですね」

「……じゃあ教会のやり方は正しいんじゃないのか？」

出立前のギルドでは、かなり教会に対して当たりが強かった気がするが。

「リビングデッドが一体出たから村ごと全部燃やしちゃうなんてのはやり過ぎですよ、そこまでしなくてもいいんですってば！」

「さいですか」

ともあれ、知識語りに興が乗ってきたのか、リーンの指がくるくると回る。

「面白い特徴としては、群れ単位でなら離れていても情報の共有ができたりして……」

俺がふっかけた話題なので興味がないわけではないし、退屈な道程の時間つぶしには、案外ちょうど良い、とすら感じてしまう自分がいる。

その後もしばらくリビングデッドに関する雑学を披露されたが、やがて話題は次の魔物へと移った。

「………で、ハクラがさっき言ってた動骸骨《スケルトン》は、分類するならゴーレムの仲間なんですね」

「……ゴーレムぅ？」

マイコニドの時と同じリアクションをしてしまった。

俺の中で石兵《ゴーレム》といえば、文字通り硬い石でできた巨人だ。ほとんどは迷宮の中で宝箱やら扉やらを守っていて、力強く頑強、核を破壊か物理的に動けなくするまでは止まらない。

錬金術師が作ったはいいが制御できなくなって野生化した個体だとかもいるが、どっちにしても共通しているのは――――。

「じゃあ、なんだ、アイツら《スケルトン》って……人工物なのか？」

「骨は生き物のものですから、人工物と呼ぶのはちょっと間違いな気がしますけど、要するに骨格をそのまま体に流用してる安価なゴーレムなんですよ。制御のための核をどこかに仕込んで動きを命令《プログラミング》すればその通りに動きますし。だからリビングデッドと違って、生前の記憶を流用したりだとかはありません。脳は使いませんから」

「い、いや、でも時々、墓場からスケルトンが湧いてきたりすることはあるだろ」

「んー……こう、これはすごーい昔の話になりますけど……昔の偏屈な魔導士が、奴隷たちを大量動員して迷宮を作らせるじゃないですか」

「おう」

「無事に作り終わったら、生き埋めにするじゃないですか」

「お、おう」

「その段階で体内に核を仕込んでおくと、死んで肉が腐り落ちて骨だけになってから動き出すわけです」

「おおう……」

「迷宮をうろついて侵入者を殺せ、みたいな命令を受けたスケルトンが、ウロウロしてるうちにたまたま外に出ちゃったりするんですよ。これを古代の優秀な錬金術師なり魔女なりが作ってたりすると、今度は核を複製して他の遺骨に与えて自己増殖する機能を備えてたりします。こういう野生化スケルトンって、実は案外いるんですよね」

じゃあ昔の錬金術師のやらかしでスケルトンの相手をさせられてるのか、俺たちは。

「幽霊《レイス》ぐらいになってくるとちょっと特殊で、死者の思念が魔素と結びついて意識だけが独立しちゃった状態ですね。これが骸骨に憑依《ひょうい》すると塚人《ワイト》というまた別の魔物になります。これは結構厄介で、めぐり合わせが悪いと魔法なんかも使ってきたり……見た目スケルトンと区別できないので要注意ですよ」

ここまで来るとリーンの解説はもはや止まらない、止まらないが、一応疑問に思ったことを言っておく。

「……なあ、お前の力って、ゴーレムとかにも効くのか？」

何をどうして魔物と定義するかにもよるが、リーンの言が正しいならゴーレムやらスケルトンやらはそもそも生物ですらない、のだが。

「はい、全ての魔物は私に従います」

リーンはきっぱりと、そう断言した。

「で、話を戻しますけど……アンデッドの定義は、『死者を闇属性《ヴィール》に偏った魔素が動かしている』という点です。リビングデッドもスケルトンの核も、レイスもワイトも例外なく。なので闇を祓《はら》う《浄化魔法《ピュリファ》》が一律で弱点なので、教会からすればどれも変わらないんでしょうね」

感覚的なカテゴライズが変わらず、対処法も同じとなれば、まあそうか。

連中の言い方からすれば、女神の与える奇跡は、悪《あ》しきものを等しく祓い去る、ってわけだ。

「なのでリビングデッドが出たから、イコール魔女、は早計かな、と思います。もちろん、可能性はゼロじゃないですけど」

リーンがここまで長々と語ったのは、俺のそのささやかな疑問を払拭《ふっしょく》するためだったわけで。

「……そっか、ならいいんだ」

この感情を安堵《あんど》と呼んでいいかはわからないが、いったん深呼吸して、思考を切り替える。

後は《冒険依頼《クエスト》》を無事に達成することに注力すべきだと、ギルドから受け取った地図を広げた。

「あー……ちょこちょこ回り道があるな」

高低差が多いのと、細かい川やら沢やらが多い。飛び越えられる幅ならいいが、荷物が濡《ぬ》れることを考えると場合によっては迂回《うかい》の必要がありそうだ。

「で、レストンがこれか」

地図の左端に、その村の名前が記されていた。何より特徴的なのは……。

「綺麗《きれい》に川に囲まれてますねえ。あ、アオ。レストンって美味しいものあります？」

『牛革の加工が盛んな村であったはずだ。それに伴い牛肉の料理も多い。祝い事の際は子牛の丸焼きが供されるのが通例であるな』

「今日中にレストンにたどり着きますよ、ハクラ！」

「話の路線を変えるな！」

「じゅるり」

「じゅるりじゃねえよ」

さっきまでの知性に溢《あふ》れた解説モードはどこかに行って、先走る食欲だけが残ってしまった。

「まあ、何にせよ――川に囲まれてるってことは、リビングデッドは村に入れないから、とりあえず村自体は安全ってことか」

俺のその呟《つぶや》きに、リーンはきょとん、と大きな瞳をさらに丸くした。

「はい？　なんでです？」

「なんでもなにも、リビングデッドは川を渡れないだろ」

俺からするとそれは〝常識〟だったが、リーンはまったく聞いたことがない、という風だった。

「ん、ん、そりゃ聖水とかには弱いですけど、ただの水に弱いなんてことはないですよ。さっきも言いましたけど、キノコの仲間ですから、むしろ湿度がある方が好ましいわけで。なんなら魚のリビングデッドだっていますもん」

「……そうなのか？」

「水の上を渡れないのは吸血鬼《ヴァンパイア》の貴族とか、最上位のアンデッドですけど、彼らは暗黒大陸《ケイオス・バーン》から出てきませんし……それこそ海を越えられないからなんですけど」

「けど、冒険者の間じゃ共通認識だぜ？　実際、川を飛び越えて振り切ったこともある」

杖《つえ》を持っていない方の手を顎にあてて、リーンはしばし足を止めて考え込んだ。

「うーん、土地によって魔物の生態が違う、ってことは、そりゃありますよ？　でもリビングデッドってそういうタイプの魔物じゃあないですし、あと考えられるとすれば……」

「すれば？」

「……うーん、いえ、なんでもないです。やっぱり、何かの間違いだと思うんですけどね……」

結局、煮え切らないリーンだったが、どっちにしたってやることは変わらない。

「ま、どっちにしても、村にいきゃハッキリするだろ」

▽

今日も〝奴〟が村のそばをうろついている。

「はあ……」

川を越えられない〝奴〟が私たちに危害を加えることはできないはずだが、それでも気分が良くないし何より気持ちが悪い。

一度、男衆が耐えかねて矢を射かけたことがあったが、大して当たりもしなかった。そうすれば一度は奥に引っ込むものの、しばらくしてからまた顔を出す。

まるで私たちの様子を窺《うかが》っているようではないか。

もちろん、〝奴〟にそんな知能があるとは思わないが。

明日の分の水まで汲《およ》んでしまおうか、それとも、家に戻って、縫い物でもしようか。

そう考えていた矢先、ふいに、背後から声をかけられた。

「すいません、少しいいですか？」

「え……？　きゃっ、あ、わっ！」

振り向いた私が驚いたのには、いくつか理由がある。

だが、まず最初に私の目を引いたのは、眼前にいる少女の、あまりの瞳のまばゆさだ。

「はじめまして、こんにちは」

少女は、丁寧にスカートの裾をつまむと、綺麗なカテーシーをする。辺境の村には似つかわしくない、鮮やかな金髪。どこかの貴族のお嬢様のような外套《がいとう》、あまりに不釣合いで、恐ろしいほど浮いている。

今のレストンは〝奴〟に対して相当な厳戒態勢をとっている。外から誰かが入ってくることも、中から外に出ることも許されていない。だから村に、こんなに目立つ、知らない人間がいることなどありえない。

もしも、例外があるとするならば……。

私は、期待を込めて少女の右手を見た。その視線に気付いたのだろう、その甲を見せつけるように、裏返した。

楕円形《だえんけい》の、美しい緑色の宝石が埋め込まれている。アレンと同じ。つまり。

私が確信を抱くと同時、少女は名乗った。このあたりでは聞くことのないような、珍しい響きの名前だった。

「ええと、なんと呼んだら……ティ――」

「知り合いからは、もっぱらリーンと呼ばれています。そう呼んでもらえると嬉《うれ》しいです」

私よりも頭一つ背の低い少女は、柔らかな笑顔を向けて、そう言った。

………。

私が歯を食いしばりながら、両手で摑《つか》んで運ぶ水桶《みずおけ》を、リーンは軽々と、片手でそれぞれひとつずつ持って、家まで運んでくれた。その腕力は、私のような村娘とは比べ物にならない、さすがは冒険者だ。

「村長さんからは、あなたに話を聞くようにと伺ってます」

家に辿《たど》り着き、席について、お茶を並べて早々そう切り出され、私は困惑しながら問い返した。

「その、なぜ私が？　それに、その……ギルドに、《冒険依頼《クエスト》》を出しに行った人がいると思うのだけど」

彼女がレストンにいるということは、依頼は正しくエスマに届いたということだ。だが、それならばアレンも戻ってきているはずだ。本当なら、真っ先にこの場所に。

「はい、遅れてこちらに向かってますよ。ギルドでどうしても話を聞かないといけないので、私は先行して様子を確認しに来たんです。ええと、ですので、明日のお昼ごろには到着するんじゃないでしょうか？」

「そう……ですか」

逸《はや》った気持ちに、水をかけられた気分になった……が、アレンは何事もなく、エスマについていたのだ、とホッとする。

「婚約者なんですよね？」

「ふぐっ」

とりあえず落ち着こう、とお茶を一口含んだところで、そう尋ねられた。リーンは、にやぁー、とこの上なく意地悪な笑みを浮かべていた。

「聞きましたよー、あなたと結婚する為に冒険者をやめてレストンに移住したとか？」

「や、やめて頂戴、そんな、アレンは……その」

そんなことをペラペラ喋ったのか、という戸惑いと、気恥ずかしさと、その事実を他人から肯定される嬉しさ。ないまぜになった感情で、頬が熱くなるのを感じた。

「……レストンでは、余所者《よそ》を村に受け入れる際のルールがあるの」

「ルール」

「ええ、この村は、牛革の加工品が名産物。その中でも男性は特に、手袋を作れることが、一人前の証し。村の職人が認める逸品を、一から作り上げられるようになるまで、村の一員としては認められず、結婚も、許されないの」

「はー……あれ、じゃあ現状はどうなってるんです？」

「アレンは村の恩人だったから、修行の機会と、婚約の許可をもらえたわ」

「いいですねーラブロマンスですねー。どこで出会ったとかグイグイ聞きたいですねー」

「や、やめて、恥ずかしい……あなたこそ、そういう相手はいないの？　冒険者は、男性の方が多いって聞くけれど」

「全然まったくこれっぽっちもゼロの皆無の虚無ですよ、そもそも冒険者なんて恋愛の相手に選んじゃいけない生物筆頭ですよ」

「……あ、あの、アレンは冒険者、なのだけど……」

「元なのでノーカンです、ちなみに女性の場合は何か条件があったりするんですか？」

「え、ええ……女性なら、靴を作るわ。私が履いているような」

ずぶずぶ、とかかとを鳴らしてみると、リーンはもう一度、はー、と息を吐いた。癖なのかもしれない。

さて……年代の近い女性というのが、村に少ないもので、思わず楽しくお話をしてしまったが、本題は、そうではない。

「あの、それで、〝奴〟のことだけど……」

窓から、ちらりと外を覗《のぞ》き込むと、その姿を見ることができた。

汚らわしい、肉の刮《こそ》げた、腐り果てた異形。

「冒険者なら、退治できるんでしょうか……」

不安を隠さない私に、リーンはあっさりと頷《うなず》いてみせた。

「勿論です、私はそのためにレストンまでやってきたんですから、徒歩で」

「本当？　なら、よかった……」

〝奴〟が現れてからの生活の息苦しさを考えれば、それは福音以外の何物でもなかった。ようやく、この日々から解放される。

徒歩のところに、なんだか含みがあった気がするけど……。

「ただですね……その準備が整うまで、少し時間がかかるんですよ。なので時間つぶしがてら、村を案内してもらえると嬉しいんですけど」

「ええ、そういうことなら、喜んで」

村長が私の家にリーンを案内した理由が、やっとわかった。

退屈な冒険者が余計なことをしないように、世話をしておいてほしいということなのだろう。単に面倒事を押し付けた……と言うよりは、年の近い娘と会話をさせてやろうという配慮もあったのかもしれないけれど。

私自身、不快ではなかった。気分転換にもなるし、この少女のことも、まだ出会って短いが、好意的に感じていた。なんとなくだが、目を合わせるとすごく気分が落ち着くのだ。

「あ、名産は牛肉と伺ってるのですが！」

「革よ、牛革」

目を輝かせる彼女に、私はついおかしくなって、笑ってしまった。


…………。


「聞いた？　この前ライデアで人が食われたって！」

「嫌ねえ、うちのそばにも時々来るわよ、コボルド」

「単なる噂話よぉ、それよりもねえ……」

いつ見ても、彼女たちはやかましく、そして賑《にぎ》やかだ。話題はコロコロと移り変わり尽きることはない。

「おはようございます」

「あら、おはようクラウナちゃん」

「今日も綺麗ねー、若いわねー」

「羨ましいわぁー」

奥さま方と挨拶を交わした後、私は真横にいるリーンを示し。

「コチラ、冒険者のリーンさん、〝奴〟の退治に来てくれました」

「どうも、はじめまして」

優雅にスカートをつまんで一礼する、なんとも様になった仕草《しぐさ》だ。ただの村娘である私が真似《まね》しても、こうは行かない。

しかし、彼女たちは、リーンを一瞥《いちべつ》すると、一瞬表情を強張《こわば》らせて、すぐに視線を外して、私に話しかけてきた。

「いつも大変ねえ、でももうすぐね」

「アレン君が戻ってきたらねえ」

「ウチの旦那が言ってたよ、筋がいいってさ！　もうちょっとだからねえ！」

「え、ええ、ありがとうございます」

けれど年若い私は、彼女たちのそんな態度を咎《とが》められない。

話を合わせ、挨拶して、リーンの手を引いて、その場を離れた。

「ごめんなさい、皆、少し気が立ってるのかも」

「いえいえ、全然気にしてませんから。冒険者ならよくあることです」

「……そう、いうものなの？」

「冒険者って、基本的に異分子ですからね」

自分のことをそう断じる、私と大して変わらない年齢の少女は、そんなことを言いながら笑う。

「ええと……ああ、あれが牧場、と言っても、そんなに広くないけど」

村の共同資産である牧場は、レストンの産業の要だ。

村の面積の半分を使ったこの牧場で、村の全ての牛を飼育し、必要に応じて生活の礎となってもらう。世話は全て女たちの仕事だ。


ボォォォォォォー…………


そんな折、牛の一頭が、高く鳴き声を上げた。

「あら、もうこんな時間だったか……ご飯をあげないと」

「今の鳴き声は、餌のおねだりなんですか」

「そうよ、空腹になったらああやって鳴くの、少しだけ待っててくれる？」

牛の世話は当番制だが、気付いておいて何もしない、というのも気が引ける。柵を乗り越えて、手早く牛の飼料を確認する。だが、餌場には乾いた穀物が山と積まれていて、食べられた形跡がない。

「あら……？　どうしたのかしら」


ボォォォォォォー…………

疑問に思っている間にも、牛たちは鳴き声を上げ続ける。

「食わず嫌い、ってわけじゃあないわよね、ううん……？」

牛の健康状態は村の経済に直結する問題だけれど、軽く検診した限りでは、特に目立った問題は見当たらない。

「クラウナさーん、大丈夫ですかー？」

柵の向こうから、リーンが声を上げた。


ボォォォォォォー…………

ボォォォォォォー…………

ボォォォォォォー…………


その時だった。三十頭近くいる牛たちが、一斉に、揃って声を上げ始めた。

「ひっ？」

今まで、一度たりともこんなことはなかったので、さすがに面食らってしまう。

牛たちは、さらに何度も身を捩《よじ》ると、ゆっくりと、リーンに向かって移動を始めた。


ボォォォォォォー…………

ボォォォォォォー…………

ボォォォォォォー…………

「きゃあ、ちょ、ちょっと！」

レストンの牛は温厚だ。よほどのことがないと、興奮したり、暴れたりしない、おとなしい品種のはずなのだけど、今の彼らは明確に、何かしらを求めている。餌が口に合わなくて、柵の外に求めているのか？　私には判断がつかなかった。

とにかく、あの数の牛に殺到されたら、冒険者といえども危ないのではないか。そう思って、私は声を張り上げた。

「リーン！　少し離れて！　危ないわ！」

だが、彼女はニッコリと微笑むと、向かってくる牛たちに向かって、右手を突き出して。

「こぉら、めっ、ですよ」

と、子供を叱りつけるように言った。


ボォォォォォォー…………


そんなまさか、と思ったが、そのまさかが起きた。

牛達は一斉に立ち止まると、その場でしゃがみ込み、動かなくなってしまった。

「あ、あなた、牛飼いでもやっていたの？」

驚いて駆け寄る私に、リーンは得意げに胸を張った。

「ええ、似たようなことを少々。魔物と比べたら、動物はわかりやすいですから」

「へえ……さすが、冒険者って凄いのね、私とほとんど変わらないでしょうに……」

「その分、私にできないことをクラウナさんはできるんですから、とんとんですよ、とんとん」

その言葉を聞いて、なんというか、私は後ろめたい気持ちになった。

「そんなことないわ、私、村の中では落ちこぼれだもの」

「はへ、そうなんですか？」

「そうなのよ、靴を作るのだって、ギリギリ及第点だったし……。昔から、同い年の幼馴染《おさななじみ》が、ものすごく上手だったから、いっつも比べられて。〝駄目なクラウナ〟ってよく言われてたっけ」

「むー、私は生まれたときから天才かつ美少女なんともいえませんが……」

「あなたって、裏表が全然ないのね」

リーンは、愛らしい顔立ちをしている。手指にはアカギレもささくれもないし、髪の毛だって長くてサラサラだ。村でこんなに髪を伸ばしていたら、泥や埃《ほこり》にまみれて、軋《きし》んで傷んでしまう。

そんな少女がこんなことを言っても、あまり嫌みに感じない、というのは、ある種の才能なのだろう。それも含めて、なんというか。

住んでる世界が違うな、と、私は思った。

「ちなみに、その幼馴染はどちらへ？」

「優秀過ぎて、村をでちゃったわ。もう五年ぐらい会ってないかも」

「里帰りとかしないんですか」

「勘当されちゃったもの、村を出ていくなんて何事だーって、両親から、村長からカンカンよ」

「うぇー……」

どんな村であっても、自分たちの文化や風習は誇るべきものなのだろうけれど、レストンは一層、その気風が強い。

私はこの村で生まれ育ったから、大人の言う通り、そういうモノだと思っていたけれど……彼女はとても頭がよかったから、きっとそうじゃなかった。

「月に一回ぐらい、お手紙のやり取りはしているのよ、定期的に来てくれる商隊《キャラバン》があるから」

「あ、ご連絡はとれてるんですか」

「ええ、村長たちには、あまりいい顔をされないけどね……お年寄りは、本当に頭が固くて」

「そうなると、よくアレンさんと結婚を許してもらえましたねー」

「そうね、本当に、奇跡的だったと思う」

「やはりあれですか、出会いがいい感じだったんですかね？」

「うん、そうかも。初めて会ったのは、アレンが《冒険依頼《クエスト》》でレストンに……って」

リーンの顔を見る、ニヤニヤしている。いつの間にか、話題が私とアレンの馴《な》れ初めの話になっていた。

「……続けないと駄目？」

「冒険者は潤いがない職業なので、時折恋バナを摂取しないと死んでしまうのです」

「そんな生態、アレンからは聞いたことないわ」

軽口に、ついつい笑ってしまう。

牛たちはいつの間にか、目を閉じて、微動だにしなくなった。

呼吸の音すら聞こえない、静かなものだった。


…………。


アレンは、四年前、『牛喰いの双頭犬《オルトロス》』を倒す為にエスマからやってきた冒険者だったの。

群れからはぐれたオルトロスが、牧場の牛をさらっていく、という事件が起こって、ギルドに依頼を頼んだところ、彼が現れた……。

最初は皆、『なんだ？　この優男は』って思っていたのよ。線も細いし、背もそんなに高くないし……持ってる武器だって、すっごく細かったし。これならまだ、肉屋のドルンおじさんに頼ったほうがいいんじゃないかって、皆思ったくらい。あの肉切り包丁の方が何倍もいかついもの。

レストンみたいな村でずーっと暮らしてると、冒険者が戦うところを、直接見る機会はなかなかないから、ある意味では、当然の反応だったかもしれないわ。

私は、その日、牛に餌をやる当番だったの。

ええ、牛の世話は持ち回りだから。面倒くさいな……サボっちゃおうかな、なんて思ってたけど、そうしてたら彼に会えなかったんだから、ちゃんとしてよかったわ。

……あ、ごめんなさい。

とにかく、オルトロスが出るっていうのは当然わかっていたから、早く仕事を済ませて、家に戻ろうと思ってたのよ。

それで牛舎に入ったら、魔物と、ばったり。

私が悲鳴をあげると、それに刺激されたみたいで、飛びかかってきて。

もうダメだ、と思う暇もなかったわ。ただ怖くて目を閉じた。

でも、痛みは来なかった。どれだけ待っても、なにもないものだから、恐る恐る目を開けたら。

いたの、アレンが。オルトロスの牙を自分の腕で受けて、私をかばって。

大丈夫か？　と微笑んでくれたあの顔を、今でも覚えてるわ。

その場でオルトロスを倒してくれたけど、アレンの怪我《けが》も大きくて。

何度も言ったのよ、私。何で私なんかかばったんだって、そんな大怪我して！　って。アレンは、困ったように笑うだけだった。

治るまでは村で世話をすることになって……私が名乗り出たら、みんなすごく怒ったっけ。

一人暮らしの娘がそんなことを！　って。でも譲らなかった。ええ、譲れなかったわ。

村長たちをついに根負けさせて、私の家にアレンを泊めて……。

でも、冒険者って凄いのね。あんな傷でも、一週間で元通りになっちゃうなんて。

それで、いったんはお別れになってしまったけど……またすぐに、アレンは来てくれた。本来は見合わないような、商隊の護衛だったり、手紙の配達だったり……理由をつけて、会いに来てくれたの、ええ、私に。

でも、村の中で会ってると、その、からかわれたりするから。

村を出て、少し歩いた先にある、川のそばで話すのが、いつの間にかお決まりになってたの。

それで、プロポーズされたのが、一年前。

どうして？　って聞いたら、なんて言ってくれたと思う？

……なんて言ってくれたと思う⁉

俺がいなくなったら、君はまた、あの家で一人で暮らすのかと思うと、耐えきれない。そんな寂しさを、君に与えたくない、よ。

ええ、全部覚えてる。二人で手をつないで、村長に報告しに行ったわ。

頭の固い老人たちも、村の恩人だし、頼れるし、健康で若い男が身寄りのない私を娶《めと》ってくれるなら、これ以上のことはないって許してくれたの。

ただ、アレンが村の伝統を……牛革の手袋をちゃんと作れるようになるまでは、正式な婚姻はお預け。だから今はまだ私も未婚だし、アレンも修行中。

代わりに、式は盛大にやってくれるって、みんなに言ってもらえたわ。

でも、一番嬉しかったのは……式の時だけなら、勘当された幼馴染を村に呼んでもいい、って言ってもらえたことかしら。他ならぬ、アレンを村に斡旋《あっせん》してくれたのも、その幼馴染だったの。私にとっての愛天使《キューピッド》だから、絶対に招待したいって思ってたのよ。

アレンも、冒険者時代に組んでた仲間を呼びたいって言ってた。

ああ、その時は、リーン、あなたにもいてもらえたら嬉しいわ。

…………。

今日も〝奴〟が村のそばをうろついている。

「はぁ……」

川を越えられない〝奴〟が私たちに危害を加えることはできないはずだが、それでも気分が良くないし何より気持ちが悪い。

朝になって、水を汲みにゆく私は、それを見た。

「オラッ、どっか行きやがれ！」

息の詰まった状況に耐えきれないのか、男衆が〝奴〟に矢を射掛ける。大して当たりもしないのだが――

パンッ、と。

聞き慣れない音がして、私はそちらを見た。〝奴〟がいる。

ただし、いつもと違う光景があった。〝奴〟は、武器を持っていた。鋭い剣だ。

それで、放たれたモノを打ち払った……両断された矢が、川にぽちゃりと落ちる音がした。

「え……？」

おかしい。いままで〝奴〟はそんなこと、しなかった。そもそも、武器はどこから？

い、い、い、知能を、つけている？

「ち……通じやしねえ」

しかし、射掛けたラミオさんは、大して気にする風もなく、その場を去ってしまった。

私はなんとなく、底知れない恐怖を抱いてしまった。

このまま放っておいたら、〝奴〟はどうなってしまうのだろう。

「……」

井戸に向かうと、いつもの通り、おばさま方が井戸端会議をしていた。

先ほどあったことを、誰かに伝えたくて、私は駆け寄った。

「あ、あの、さっき、あの、リビング――」

「アラ、お――よヴ　グラウ　びゃ　」

「ギョ　も　ギレ　ねー、若イ若イー」

「羨　しい　ぁー」

なんだろう、この違和感。

何かが、おかしい気がする。

「いつの間にか、武器を持ってて――」

「い　　モ大変ねェ――ネ――」

「アレレレレレグググウンンンンネネネネネ」

「ウチ　ダン　ナ――イイイ、イイイー。モヂョ、ド、ヨ！」

ゾクッ、と背筋が、底冷えた。

会話が通じてない？　そんな訳ない、皆いつもどおりだ。いつもどおり。

違うことと言えば〝奴〟だ、奴が武器を持ち出した、後は何だ？

そうだ、昨日、誰かが村に来た。

誰だったか。金色で、緑が、綺麗で。

「あ、あれ？」

思い出せない。あれは、誰だっけ、いつ？　昨日？　一昨日《おととい》？

「クラウナさん？」

「ひぃ、あっ⁉」

私の悲鳴のような声に、背後から声をかけてきた――ああそうだ、何で忘れていたんだろう――

リーンは、両耳を押さえて、うぇぇ、とうめいた。

「そ、そんなに驚かなくても……」

「ご、ごめんなさい、その、私、ちょっと疲れてたみたいで」

「いえいえ、それはいいんですけど……何かありました？」

「あ、あの、そうよ、リーン、聞いてくれる？　あのね――」

〝奴〟が矢を武器で、打ち払ったの、そう言おうとした。

できなかった。

「あ――」

言えなかった。それどころではなかった。

レストンは川に囲まれている、だから、〝奴〟は入ってこられない。

アレンは確かにそう言った。だから、こんなの間違いだ。


（ううううううう）


不快な――とても不快な唸《うな》り声。

何を訴えているのか、わからない、わかりたくもない。

〝奴〟が、川の守りの、内側にいる姿を、私は見てしまった。

いつの間に？　どうやって？　わからない。ただ、一つ言えることは。

ここはもう、安全ではない。


「き――――――」


私が悲鳴をあげる前に、〝奴〟は動きだした。

「クラウナさんっ！」

リーンが私の手を摑んで、引いた。

「あっ……ま、待って、お願い！」

〝奴〟は私達には構わず、井戸のそばにいた皆に近づいてゆく。

「や……やめて――――！」

私の悲鳴を、聞き届けてくれるわけもない。

〝奴〟の振り上げた武器が、奥方衆めがけて、振り下ろされた。

………。


〝奴〟はずっと川の向こうからこちらを見ていた。

〝奴〟はずっとずっと、私のことを見ていた。

〝奴〟はずっとずっとずっと、私だけを見ていた。

気付いていた、本当は。

その恐怖を押し殺す為に、見て見ぬふりをしていただけだ。


…………。


「ゴボボボ、ゴボ、ゴボボ」

「ゴボー、ゴボッブグッ」

「ボッ、ゴボ、ボブッ　ボ」

いつも通りの風景、奥さまたちが井戸端会議に興じている。

「ゴボボボボボボ……」

……いつもどおり。

水を汲んで、家まで戻る、毎日している作業を、毎日する。

いつもどおり、いつもどおり、いつもどおり、いつもどおり。

家の前についた。なにかが足りない。欠けている。喪失感がある。

何も変わってない何もおかしくない私は普通私は正常私は何でもない私は大丈夫。

「いつもどおりよ、そうよね、アレン、だって……」

「本当に、そう思います？」

声が聞こえた。空気を静かに揺らす声が。

振り向くと、少女がいた。金の髪と、緑の瞳。見たことがあるような？　いや、知ってる、私はある、会ったことが。彼女に。

「……リーン？」

「はい、リーンです。……ごめんなさい、クラウナさん」

「ど、どうしたの、そんな顔をして」

リーンは、愛らしい顔を歪《ゆが》めて、瞳の端に涙をためて、悔しそうな顔をしていた。

私は、その表情をよく知っている。他ならぬ自分自身が、何度もしたことがある。

それは、何かを成し遂げようとして、できなかった人の顔だ。

「……まだ間に合うと思ってました、穏便に済むと思って……引き伸ばしちゃいました。けど、こんなに一気に進むなんて思ってなかった……」

「……何の話をしてるの？」

「あなたなんです、クラウナさん。あなたじゃないと駄目なんです、あなたが最初だった」

「リーン、ちょっとまって、わからないわ、何の話？」

「……ごめんなさい」

リーンは、手にしていた杖の末端で、トン、と地面を突いた。

その先端が接した面から、ふわっと何かが広がった。水に石を投げ込んだ時の波紋のようなものが、空気を伝わってくるような感覚があった。

「あ……れ？」

その風が私の体を通り抜けた時、その変化は起こっていた。

視界が暗い。けれど、意識は明瞭で、思考からモヤが失《う》せていく感覚。

「何……これ？　リーン？」

気付けばもう、少女の姿はどこにもなかった。

「どこ、どこに行ったの⁉　リーン！　ねえ！」

返事はなかった、もう、どこにも翠色《みどりいろ》が見えない。

まるで、違う世界へとさらわれたようだった。

戸惑いながら、違和感を呑み込んで、私は歩き出した。体が重い。

「誰かいないの、誰か、お願い……！」

すがるような気持ちで、広場に出た。井戸のそばなら、絶対に誰かしらがいるはずだった。

「あ………」

居た。三人の奥さまたち。かしましく、おせっかいで、でも、面倒見が良い。

そんな彼女たちは、いつもどおり、いつもどおりに……。

「ゴボボボボ――――」

「ゴボボボ」

「ゴ　ボ　ッ」

楽しそうに向き合って、談笑している。

談笑している？　違う、あれはフリをしている。

それはそうだ、声が出ていないのだから、それはフリ以外の何物でもない。


だって、顔の右半分がないのだ。

だって、喉に穴が空いているのだ。

だって、顎から下が腐り落ちているのだ。


「あ、ああああああああああ……」


肉の削《そ》げた体、腐り落ちた瞳、むき出しの骨。

死んだはずの人間。動かないはずのむくろ。

「あああああああ――――――！」

私は駆け出した。恐ろしかった。

「いや、いやよ、いや、何これ、どうして、何で！」


ボォォォォォォー…………

ボォォォォォォー…………

ボォォォォォォー…………


醜い、不快な音が、村の中に響き渡った。

「ひいっ」

それは、死神をこちらへこちらへと誘う、笛の音にも聞こえた……けど、違う。

私はこの音を知っている。

近づいていく、音の方向へ、体が勝手に動く
「…………嘘《うそ》でしょう」

私は牧場にたどり着いた。牛たちが、高らかに鳴いていた。

村の皆で世話をしていた、レストンを支える大事な大事な牛たち。


ボォォォォォォー…………

「あ、あああ……」

彼らも、また平等に、腐っていた。角が刮げ落ち、鼻は赤くグズグズになり、皮膚がただれ、内臓が溢《こぼ》れ落ちていた。

あの音は、喉に穴が空いているのに、それでも肺を張り詰めて、精いっぱい息を吐き出して、空気が漏れ出る音だったのだ。

グチュグチュと。

牛舎の奥で、屍牛たちは何かを反芻《はんすう》している。見たくなかった。でも、見えてしまった。

倒れて動かなくなった何かだ、それは彼らと同じ牛なのか、それとも知っている誰かなのか、もう判別がつかない。

わからないぐらい、溶けてぐずぐずになった、肉の塊になっている。

「何で、何よこれ、嫌、嫌、嫌あああああああああああ！」

どこにも、私の知っているモノがない。

どこにも、私の知っているヒトがいない。

ここはレストンじゃない、私の場所じゃない。

お願いだから、助けて。

その願いを聞き届けるために、神様が遣わしてくれたのだろう。

ゆらりと、私に近寄る影があった。

「あ———」

あれは、ラウンおじさんだ。向こうにいるのは、息子のテロッタ君。
狩りの名手、ハイル爺《じい》さんと、娘のネウちゃんもいる。
靴屋のハントおじさんは、鼻から上がなかった。
アレンの師匠であるグロットさんは、お腹《なか》に大きな穴がある。
隣に住んでいるラウロ夫妻は、首が百八十度回っていた。
皆いる。村の皆が、皆いる。
皆いて、皆死んでいる。

「ゴボボボボボボ」
「ゴビュッ、ビュウ」
「グラ　ナ」
「ダイ　ジョ　」
「ゴボッ」

腐って。崩れて。死んで。動いて。壊れて。生きていない。骨が見えて。内臓が。眼球も。死んでいる。皆。私を見ている。動いている。死んでいるのに動いている。全員、助けて。お願い。誰か助けて。来ないで。こっちに来ないで。お願いだから、お願いします。

「アレン！　アレン！　アレン！　助けて、嫌、嫌ぁっ！」

けど、アレンはここに居ない。

ずっと、いない。いるわけがない。

思い出した。思い出した思い出した思い出した。

いい、いい、思い出した。

だってアレンは、もう。

◆

……………俺たちがレストンにたどり着く、半日前のことだった。

「ハクラ」

リーンが、こわばった声で、先行する俺を呼び止めた。

「どうした」

その響きに、一切の冗談や、遊びがない。

「います、正面の木の裏――来ますよ！」

声と同時に、『そいつ』は俺に向かって――凄《すさ》まじい勢いで、細い棒状の物を突き出してきた。

「っ、ぶねぇっ！」

的確に眉間を狙って放たれた一撃を、俺は首を横に振って、紙一重で回避した。

癪《しゃく》だが、事前に『来る』とわかっていなかったら、多分お陀仏《だぶつ》だっただろう。

「ウウウウウウ――――」

飛び退《の》いて距離を開けて、俺は剣を抜き放つ。この段階になって、ようやく相手の姿が見えた。

唸り声を上げながら、『そいつ』は、二メートル以上もある細身の槍《やり》を両手で構えた――人間のシルエットだ。

だが、野盗のたぐいでないことは、ひと目でわかる。

片目がない。体の皮膚のほとんどはただれて剝《そ》げている。脇腹が大きく欠損していて、内蔵が溢れている。

そしてなにより、心臓がない。なぜわかるかといえば、後ろの景色が見えるほどの大穴が空いているからだ。

……リビングデッド、それも、武器を使いこなせるほどの。

「バァァァァアナァア、レッ　ロォォ……」

呼気に混ざって、何か、声のようなものが聞こえてくる。死体だというのに、俺達に対する明確な敵意が感じ取れた。

「ハクラ、動きを止めてください！」

「あぁ!?　どうやって！」

「片腕か片足を斬り飛ばして、首は刎《は》ねないで！」

「気軽に言いやがるなあ！」

死んでいるとは思えないほど、『そいつ』の構えは洗練されていた。

得物もそうだ、使い込まれ、手入れされ、手によく馴染《なじ》んだものであることがひと目で分かる。

「同業者だな、アンタ」

突き込みの速度、間合いの取り方から、踏んだ場数が推し量れようというものだ……間違いなく、相当戦い慣れている。

「――――カッ！」

正解だ、と言わんばかりの、鋭い踏み込み。

それにほんの瞬《また》きの刹那、遅れて迫ってくる槍《やり》の先端。

寸分の狂いなく、俺の右胸狙いで突き込んできた。

「――――惜しいな」

当たらない……しっかりと視認して、攻撃の軌道を見てから、体を横に向けて回避し、その体の流れのままに剣を振った。

槍を中央で両断し、その勢いで伸び切った腕を両断し、返す刃で右膝から下を断ち切った。

「アンタが万全なら、もちっといい勝負になったと思うんだが」

生前の技術と装備を扱う、冒険者のリビングデッド。

強敵には違いなく、脅威には変わりない。

だが、致命的に欠けている物がある。

死体には《秘輝石《スフィア》》がなく、筋肉はズタズタで、本来、生きてる時に出せるはずだった速度と威力など、あるわけがない。

不意打ちならともかく、正面きっての戦いなら、こんなもんだ。

時間にしたら五秒にも満たない一瞬の攻防を終えて、片足以外を失ったリビングデッドは、ふらふらとバランスを崩して倒れ込み、もぞもぞと地面を蠢《うごめ》き、叫ぶだけだ。

「アアアアアアア、グ　ヴ　ナッ」

「っと——こっからでも動けるのか」

切り離された手が、槍を求めて地面をほじくり返すように動く。改めて、厄介というか。

殺した程度じゃ、死なない魔物、か。

「ありがとうございます、ハクラ、お手柄です」

リーンはリビングデッドに近寄ってしゃがみこむと、その顔のそばで、トン、と杖の末端で、地面を突いた。

「一応聞くけど、何してんだ?」

「正気に戻します」

トン、トン、とリーンが杖を鳴らすたび、その先端にある大きな宝玉が、ほのかな光を放ち、明滅していく。

「正気……って、戻せるのか!?」

俺の目から見て、これは完全に死体だ。

生きてるとか死んでるとか、まともだとかどうだとか、そういうことを検討する段階じゃない。

「リビングデッドは生前の動きをある程度模倣します、つまり死体の脳を使うんです。これだけの槍捌《さば》きができるってことは、まだ主観的な自我も残ってるはずです……この人は、自分が死んだことに気付いてない」

「ウウウウ　ウウウ　ウウウウウヴヴヴァァァ」

　作業を続けるリーン。リビングデッドの唸り声が、増して行く。

「脳が損傷してないわけではないから、思考は単調になりますし、さまざまな矛盾にも気付かなくなります。大体の場合は、生前の日課を延々と繰り返したり、執着しているモノから離れなかったり。けど、一番やっかいなのは、この状態になってしまうと、他の生物を見るとリビングデッドだと認識するようになっちゃうことです」

「……どういう意味だ？」

「リビングデッドの本体である菌糸は、自身を感染させる為に他の生物を襲います。なら、宿主にそれを行わせるにはどうしたら良いと思います？」

「……敵だと思わせて、襲いかからせる、ってことか。……普通は逃げるんじゃないか」

「そのへんの理性を、真っ先に壊しちゃうから厄介なんですよ」

「つまりこいつから見ると、俺らのことがリビングデッドに見えてたってことで――」

「いえ、ハクラだけですけども」

「なんでだよ⁉」

「私は特別なんですー！　だからこの人、言ってたじゃないですか、『離れろ』って」

……そう言えば、真っ先に俺に攻撃を仕掛けてきて、リーンには目もくれなかったような気がする。

「……あぁ、なにか、じゃあこいつは、俺が、お前を襲ってると思って攻撃してきたのか」

「そういうことです。いやー、かわいいって罪ですねー」

「ぶん殴っていいか？」

リーンの護衛をすることは承諾したが、リーンがいることによって命の危機にさらされるのは何かが違う気がする。

「で、今、その認識の歪《ひず》みを正してるところです」

「それが治るとどうなるんだ」

「生前の人格を、ある程度、取り戻せるはずです」

リーンの言葉を頭の中で反芻《はんすう》し、俺は首を傾げた。

「……なあ、リーン、それって」

俺がその疑問を言い終えるその前に。

「…………ラウ、ナ…………」

「！」

リビングデッドが、喋った。

「うう、ああ…………」

うめき声をあげながら、そいつは自分の鎧《よろい》の内側に手を伸ばし、緩慢な動作でそれを取り出した。

片方だけの、革でできた手袋だった。そいつをぎゅうと握りしめ、またしばらくうめいた後に。

「君、たちは…………」

「……マジかよ」

かすれて、歪《ゆが》んでいたが、それは確かに、俺にも認識できる男の声だった。

「……誰、だ？　わたしは……探さなくては……レストン、に……戻らなくては……」

リーンは、しゃがみこんで、男の顔を覗き見た。

「あなたの名前を教えてください、何があったんですか？　どうして――」

傍から聞いていても思う。その問いはあまりに酷ではないかと。

だが、それを止めることはできない。

いいいいい正気になど戻さず、このまま埋葬してやることこそが、この男にとって最も幸せであることぐらい、さすがの俺でもわかる。

「――あなたは、死んだんですか？」

それでもリーンは容赦なく、かつて生きていた死体に問いかけた。

▽

エスマへ向かったアレンが、レストンへ帰ってきたのは、数日が経過した頃だった。

「きゃあああああああああああああ！」

それは、誰の悲鳴だっただろうか。

朝、水を汲みに向かった私が見たのは、手にした槍で、誰彼構わず、人を貫いているアレンの姿だった。

「オ　オ　オオオオオオ――――」

それが、まともな状態でないことは、ひと目でわかった。だって、胸からだくだくと、血が流れ続けているのだから。

穴が空いていて、アレで生きていられるワケがないことが、わかるのだから。

「アレン、アレン！」

「やめろクラウナ！　死にたいのか！」

叫びながら、アレンへと向かう私を、誰かが必死に押さえつける。けれど、私は聞いた。聞いてしまった。

「オ　オ　オ　オ　ク　ラ　ウ　ナ――――」

私の呼びかけに、あろうことか、そのアレンの姿をした何かは、応じてくれた。

応じて、くれてしまった。

「殺せ！　化け物を殺せ！」

誰かが言った。男衆が、武器を持って、アレンを止めようと襲いかかった。

けれど、元冒険者のアレンの槍捌きは、ただの村人が犠牲なく押さえ込めるモノではない。

槍が振るわれるたびに、誰かの頭が砕け、誰かの胸が貫かれ、誰かの喉が裂けた。

それでも、皆、立ち向かった。村を襲う災厄から、家族を、仲間を守る為に。

「ああ、アレン、何で、何で……」

「気持ちはわかるが、諦めろ！　ありゃあもう、アレンじゃない！　魔物だ！　バケモンだ！」

アレンへ向かおうとする私を、誰かが止める。私は、叫ぶ。


――――殺戮《さつりく》の限りを尽くすアレンが、私を見た。

――――私の髪の毛を優しく撫《な》でながら、見つめてくれた瞳は、もう片方しかなかった。

――――優しく微笑んでくれた顔は、半分が刮げ落ちていた。

――――甘やかに愛を囁《ささや》いてくれた口から、骨が覗いていた。


「あ、あ……」

『なぜ』が頭を駆け巡る。『どうして』が心を苛《さいな》む。

「縄だ、縄をもってこい！　動きを止めろ！」

「くそっ、いい加減にしやがれ！」

「よくも親父《おやじ》を――――！」

戦いは激化していく。もう、誰も彼もが必死だった。

「クラウナ、お前は逃げろ！　村の裏手にいって、川を越えろ！　そうすりゃあ……」

逃げられる、とは言えなかった、私を押さえつけていた、靴屋のハントの鼻から上が、吹き飛んでいた。

噴き出た血が、私の顔を汚した。

いつのまにか、リビングデッド《アレン》が私の前にいた。

「ハナ、セ」

そして。

「ハナセ……クラウナ――ハナ、セ――」


私の名前を、再び、呼んだ。それは多分、私にしか、聞こえなかった。

「ハントッ！　くそぉっ！」

「クラウナちゃんから離れろや！」

「アレンッ！」

名前を叫びながら、飛び出してきた人影を、アレンは躊躇《ちゅうちょ》なく刺し貫いた。

「ゴボッ、馬鹿、野郎……！」

腸《はらわた》を貫かれながらも、アレンに抱きつくようにして、動きを押さえこんだ。

私もよく知っている。アレンの、革細工の師匠だった。

「グロッドが動きを止めたぞ！」

「今だ！　殺せ！　殺せー！」

千載一遇のチャンスだった。命を賭して動きを封じ込めたグロッドさんの上から、武器を構えた村人たちが襲いかかる。

アレンが冒険者のままだったら……それでも勝負にはならないはずだ。でも、今の彼に《秘輝石《スフィア》》の加護はない。拘束された状態で、あれだけの人数が押し寄せたら。

アレンは、きっと助からない。

「────っ！」

私の体は、とっさに動いた。グロッドさんに抱きついて、その体を、引き剝がそうとした。

「がっ──クラウナ！　何して……！」

「やめて！　アレンなの！　それはアレンなの！　殺さないで────きゃあっ！」

私の理性が戻る前に、誰かの拳が私を殴り飛ばした。

「テメェ何考えてやが──ガバッ」

私のそのささやかな抵抗は……アレンを解き放つ、一瞬の隙を作るには、十分だった。

解放されたアレンを止められる者は、もう誰もいなかった。

逃げようとしていた女子供衆も、跳ね橋がいつの間にか上がっていて、川を越えられなかった。

アレンは一人ひとり、確実に、丁寧に、みんなに槍を刺し入れて。

そうして、私の下まで、やってきた。

「クラ　ウ　ナ　ど　こ　」

「アレン」

私は、アレンの足元にすがった。体温など、微塵《みじん》も感じられなかった。

とても、冷たい。

「アレン、アレン、アレン、アレン――――」

「クラウナ……」

アレンは屈んで、私の肩を摑んだ。目が合った。濁った瞳の奥には何の光も映っていなかった。

「アレ――――」

「ドコ　クラ　　ウ　　ナ」

首が、灼《や》けた。

そう感じるぐらい、私に食い込んだ歯は、熱く、痛かった。

そう、アレンが戻ってきた日、私は。

私はもう。

私は。


…………。


「クラウナさん」

はっと、気付くと、私の前に、翠《みどり》色があった。

「おはようございます、目は覚めましたか？」

その色を見ていると、なんだかとても、心が落ち着く。

不思議だけど、なぜだか私は、それを受け入れていた。

彼女の――リーンの質問の意味を、私はよく理解している。

ああ、そうだ。ずっと悪い夢を見ていた。

幸せでは、決してなかった。だってあの夢には、アレンがいない。

「……ええ、思い出シ　た　ワ、全　部」

それが自分の声だとわからないぐらい、汚い音が、私の喉から溢れた。

喉が腐りかけているのだから、当然だ。きっと、まともな部位なんてどこにもない。

思考と、視界だけが明瞭なのが、逆に不思議だった。

「……ネエ、私は、死んデぃルのでショウ?」

「……はい、そうです。クラウナさん。いえ――」

一度だけ、リーンは首を横に振った。

「レストンは、全滅しています。一人残らず、一匹残らず、リビングデッドになっています」

こと、ここに及んで、それを否定する気にもならない。

レストンは、死者の村だった。死んでいる者同士が、お互いを生者だと勘違いして、死にながら生活していた。

いつからそうだったのだろう。

「……どうシて、リーン、あなタは、私ノ所に、来たノ?」

彼女から見て、私達は死体だっただろう。

その中に一人、堂々と入り込んで、私と数日間は、間違いなく一緒にいた。

なぜ、この娘は、レストンに来たのだろう。

「理由の一つは、クラウナさん、あなたでないと、彼らを止められないからです」

「…………？」

「あなたが、村人《リビングデッド》たちに一言、もう動くな、眠れ、と命じてくれれば、彼らの機能は止まります、村の外に出ていって、被害が広がるのを防ぐことができます。それができるのはクラウナさん、あなただけなんです」

言葉の意味がわからない。なぜ、私が？

「……それと、もう一つ」

その疑問に、リーンは答えてくれなかった。代わりに、ローブの懐から、それを取り出した。

土と血に薄汚れた、丸い革細工。描く縫われた糸の跡が、見て取れる。

「あ……ア……？」

私はそれを知っている。ずっとずっとほしかったもの。だいじなもの。

私と、あの人の、未来のために、必要だったもの。

「アレンさんから、預かったものです」

答えは、リーンが教えてくれた。

「アレ、ン、アレン……アレン、アレン……」

「……言伝《ことづて》があります。『戻れなくてごめん、あの場所で待っている』と」

「……待って、ル…………？」

「私たちが埋葬しました。クラウナさんが望むなら、同じ場所に」

ああ。

私は、革細工のお守りを、握りしめた。

ちゃんと帰ってきてくれた、私のところに。

もしも私が死んでいなければ、涙を流せたはずなのに。

何で私は、生きていないのだろう。

「アレンは、もう、いなイ、のね……」

「…………」

「……ソレを、届けル為　ニ、アナタは、来て、くれタ、の　ね」

頭に、ぼんやりと霞《かすみ》がかかり始めた。

きっと、私が私でいられる時間は、もうそんなに、長くない。

グズグズと、何かが叫んでいる。食ベタイ。

「コノ、村で、何ガ、あったノ、か、私、わかラ、ない、アレンに、何ガ、アったのか」

けれど、私は受け入れてしまった。

私が死んだことを、受け入れてしまった。

だから、それについて、泣いたり、悲しんだりしようとは、不思議と思わなかった。

私が今、望むのはたった一つだけだ。

アレンに会いたい。

隣にいたい。

それ以外のことは、もう望まない、望めない。

私は、私の欲望のままに、人を殺《あや》めてしまったから。

けどせめて、それだけは。

「ドウ、すれば、イイ、の？」

「声を、上げてください」

「コエ……？」

「おやすみなさい、と」

「…………」

リーンが差し伸べた手を取って、私は立ち上がった。ぐずり、と形を保てなくなった足が、音を立てた。痛みは、それでもまったくない。

「――――リーンっ！」

男性の声が、空気を震わせた。凄まじい速度で走り込んで、リーンの隣まで一直線にやってきた。

白髪に、赤い瞳の……どこかで、見たような。

「ハクラ、どうですか？」

「できる限り、掻き集めてきたけど、なあ」

ハクラ、と呼ばれた青年は、息を荒げながら、自分が駆けてきた方角を振り返った。

「本当になんとかなるんだろうな⁉」

……ああ。あああ。

皆がイる。居る、いる。やってくる。

村を守る為に、皆で、力を合わせて。

災厄を、排除する為に、敵を追いかけて、集まってきたに、違いない。ない。

「あアあ………」

◆

数日間、川向こうから、リビングデッドが徘徊《はいかい》し続ける村を監視していた。

リーンは一人で突っ込んで行っちまうからこっちは気が気じゃないし、腐臭は凄いし気色悪い鳴き声が聞こえてくるしで、正直なところ、かなり精神がすり減っていた。

毎日、俺に矢を射掛けてくる奴がいたのも面倒だった。

リーンの言うことが確かなら、村人からすると俺はリビングデッドに見えているわけで、そりゃあ警戒も迎撃もするだろう。

どうせ当たりゃしないだろうとたかをくくっていたら直撃しそうになったので、思わず剣を出してしまったこともあったがそれはさておき。

ようやく戻ってきたリーンが、次に俺に出した指示は、村中を駆けずり回って、とにかくリビングデッドが動ける程度に一発打ち込んで、なるべく数を引きつけて、逃げ続けろ、というものだった。

「無茶苦茶《むちゃくちゃ》言いやがるなあの女！」

『ふうむ、まぁ最適解であろうな』

「その最適解に俺が死ぬことは含まれてねえだろうな！」

『それは当然である』

俺と一緒にスライムもボンボン跳ねながらついてきて、村人たちの足にうまく絡《から》みついて転ばせたりしてくれたが、とにかく数が多い。

村人全員に、牛などの家畜を足せば、軽く二百以上は斬り結んだはずだ。

厄介なことに、一度刺激したら、あとは延々追いかけて来るし、速度は遅いが数が多いので、とにかく休む暇がない。

指定された合流場所までなんとか辿り着いた俺は、後方から追いかけてくる、全村人の死骸の群れを見て思わず叫んだ。

「本当になんとかなるんだろうな⁉」

「ええ、大丈夫です」

「当てにしていいんだよなその大丈夫は」

「勿論です、多分」

「多分をつけるな！」

リーンのそばにいるリビングデッド……他の村人たちと比べたら、比較的損傷の少ない、女だった。

こいつが恐らく、アレンの婚約者だろう。

「──仲が、ぃイの　ネ」

「⁉」

あろうことか、そのリビングデッドは、意味のある言葉を発して、小さく笑った。

その反応自体を想定してなかった俺は、言葉を返すことができなかった。

「大事に、ネ……りぃん、ぁりが　と　」

ぞろぞろと。わらわらと。遅い足取りで、しかし確実に歩み寄る死者の群れの前に、彼女は歩み出た。

「リーン……」

「静かに。ハクラ」

喋るなと言われたら、黙るしかない。

「──ゴメんな、さイ、皆、私の、せイ、ね」

アアアァッアア……アアアアアアア……

アアアァアア、アアア────アアアァァァ

ア……アアァァァアアァァァァアアアアアァァァ

死者達の呻《うめ》き声が、返事だった。

怨嗟《えんさ》なのか、否定なのか、賛同なのか。

俺にはわからない、リーンには、わかるのだろうか。

「……眠り、ましょウ……私たちは、もう……」

死んでいるのだから。

彼女がそう告げた途端、村人たちに変化が起きた。
砂の城が崩れるように、一人、また一人、ばたりばたりと、倒れてゆく。
ボォッ、と最後の鳴き声を残して、牛の死体までもが動かなくなり。
そして、死体だけが残った。
動くものはない。動いてはならない。
それが、死ぬということだ。
一分近く、彼女は立ち尽くしたまま、動かなかったが、やがて、ポツリと口を開いた。

「アレンの」
「はい」
「とこロに」
「はい、行きましょう、クラウナさん」
「あぃたイの」
「会えますよ、もうすぐに」

「あなタ、だれ」

「さあ、おいで」

「うン……」

リーンは、腐ってドロドロになったその手を躊躇《ためら》いなく握り、歩き出した。

エピローグ

【アレン・エスマとクラウナ・レストン、永久《とわ》に眠る】


レストンから一時間ほど歩いた、森の開けた場所にある川の畔《ほとり》。

アレン氏と出会った場所に二人を埋めて、手頃な石にそう刻んで、埋葬は完了した。

二人は横に並んで、しばらく黙禱《もくとう》を捧《ささ》げていたが、やがて、小僧が声を発した。

「で、答え合わせはしてくれるんだろうな」

「うーん、ハクラが何を疑問に思っていたのかにもよりますが」

「この依頼の根本からだよ。何で村人全員がリビングデッドになったんだ？」

「半分ぐらい推測になってよければ、一応説明はできますけど」

「それでいいからしてくれ、アレンの言葉だけじゃ、さっぱりわからん」

小僧が倒したリビングデッド——アレン氏は、正気を取り戻した後、こう言った。

（頼ム、クラウナを助けテくれ、レストンの村にいる、婚約者）

（これを、渡しテ、帰れなくて、ごめン、コの場所で——待っテる——）

言葉になったのは、結局その二言だけで。そのまま、アレン氏は動かなくなってしまった。

アレン氏が遺《のこ》した遺物の一つに、《依頼発注書《クエストオーダー》》があったからだ。

ギルドに持ち込むことで、冒険者に《冒険依頼《クエスト》》を発注するための書類である。

レストンの村長の名前と、それが本物であることを保証する数人の名前。そして最後に届け人であるアレン氏の名前が記されていた。

「エスマのギルドへの、《依頼発注書《クエストオーダー》》です。野犬のリビングデッドが村の周辺をうろついているから、これを適切に処理してくれ、と」

「それは俺も見た」

「まず……最初にリビングデッドになったのは、アレンさんです。レストンからエスマに向かう途中、討伐対象だった野犬のリビングデッドに襲われて、死亡し、感染してしまった。アレンさんはもう引退して《秘輝石《スフィア》》をギルドに返上していましたから、多分抵抗できずに」

お嬢の説明に、小僧の眉が一瞬、ピクリと動いた。

「そしてリビングデッドになったアレンさんは、生前執着していたものに固執する、という本能にしたがって、レストンに引き返しました。アレンさんの心残りは、ご存じの通りクラウナさんです」

「……死に際《ぎわ》に、見知らぬ俺らに託すぐらいだからな」

「でも、リビングデッドから見れば、生者が死者に、死者が生者に見えるわけです。すると、アレンさんにはこう見えたはずです——愛する人が暮らす村に、無数のリビングデッドが徘徊《はいかい》している」

「じゃあ……村人を虐殺したのは、アレンってことか」

「はい。その過程で……クラウナさんもお亡くなりに」

「……んじゃ次だ、何でクラウナはリビングデッドたちを止められた?」

その質問に、お嬢は少しだけ口を止めた。

むむむ、と唸る様子を見ると、自分でも若干、納得がいってないのかもしれぬが。

『お嬢、仮説でよいのだ、我輩も知りたい』

「むー……了解です。えっとですね、リビングデッドの性質の一つなんですけど……同一の菌から繁殖した個体同士は、感染源《キャリア》により近い個体に統率されるんです」

「……キノコに自我はないんじゃなかったのかよ」

「自我じゃなくて、習性、本能です。蟻《あり》とか蜂《はち》みたいな社会性昆虫に近いですかね。だって動く物全部に本能的に噛みついてたら、共食いし続けちゃうじゃないですか」

「あ、そうか」

「なので、上位の個体が見つけた獲物にわらわらと群がってくるんです。ハクラに囮《おとり》役をやってもらったのはそのためです」

「アイツらにとって俺はマジで食い物扱いだったのか……」

「感染源であるアレンさん。そしてアレンさんからクラウナさん、クラウナさんから村の人たちへ……と、順番に菌糸が感染していったんだと思います。だから、村の中で序列が一番高い個体が、クラウナさんだったんです」

「……最悪だな」

「最悪ですね……不幸中の幸いだったのは、クラウナさんの遺体の頭部が無事で、思考ができるレベルで残っていてくれたことです。もしそれが無理だったら――」

村人たちを止めることはできなかった。それこそすべてを焼き払い、浄化する以外なかっただろう。

奇《く》しくも、お嬢の嫌う教会のやり方が、最善手になってしまうのは、皮肉というべきか。

「だから後は……大本になった、野犬のリビングデッドを探さないとですね。アレンさんが馬を使ってたなら、それも感染しちゃってるかも」

やることはまだ残ってますよ、と立ち上がったお嬢の手を。

「リーン」

小僧が、摑んで止めた。

「ひゃっ、な、なんです?」

お互い、軽口も軽度の暴力も気軽にふるい合う関係であるが、こういった身体的接触は案外せぬものだ。男の力で手を引かれたお嬢はらしからぬ声を上げたが。

「…………」

小僧はもう片方の手を顎に当てたまま、二人の墓標を凝視している。

「ハ、ハクラ?」

戸惑うお嬢に、ようやく口を開いた小僧から出た言葉には。

「納得がいかない」

明確な怒気を孕《はら》んでいた。

「納得……って、何がですか？」

さすがのお嬢とて、それをからかって流すことはしなかったが、我輩からしても珍しく、表情に困惑が見て取れた。

「俺は実際に戦ったから、よくわかる。アレンは相当な槍の使い手だった。知識も技術も持ち合わせた、ちゃんとした冒険者だ。お前が指示してくれなかったら、多分、俺は最初の攻撃で頭を貫かれてた。ありがとな」

「え、いや、いえいえいえ、そんなそんな」

珍しく素直に礼をいう小僧、急に褒められてちょっと浮かれるお嬢。

一瞬緩んだ空気は、しかしすぐに引き締められた。

「そう、《秘輝石《スフィア》》を失って、リビングデッドになった状態でも、あの槍捌きができる男なんだよ、アレンって奴は」

それは立場と適性の違いであるから、小僧とて咎《とが》めるような語調ではなかった。

「そんな奴が、何度も何度も往復したことがあるはずのルートで、出るとわかってる屍犬《リビングデッド》にやられるほど間抜けだとは、俺はどうしても思えない」

「そうは言っても……実際にそうなっちゃってるじゃないですか」

冒険者を引退したとしても、体に染み付いた動きを忘れるわけではない。アレン氏とわずかにでも相まみえた小僧は、その経験から実力を推し量ったようだ。

何せお嬢は、直接相手と戦うことをしない。その場数と体感は、小僧には遠く及ばない。

「ん、んー……」

『小僧、何が言いたい』

我輩の語気も若干強くなってしまったが、これは結論を後回しにして持って回った言い回しを続けると、お嬢のイライラが急激に溜まることがあるからである。

「なんで俺たちはアレンと遭遇できたんだ？」

「……はい？」

質問の意味がわからなかったのか、お嬢は首を傾げた。

「リビングデッドは生前の行動を模倣したり、執着した物に固執するんだったよな」

「え、ええ。思考が単調になるので……」

「だったらアレンは、クラウナのいるレストンから離れないはずだろ？」

「あ………？」

リビングデッドと化したアレン氏がレストンに戻り、惨劇の引き金となったのは、婚約者であるクラウナ嬢を求めてのことだった。

実際に悲劇が起きた以上、その流れがあったのは、間違いないはずだ。

であれば、皆が死した後、アレン氏は村の外へ出る理由がない。

彼の執着は、もうそこにあるのだ……であれば。

何を求めて、森の中を彷徨《さまよ》っていたのか？

クラウナ嬢以上に、彼を突き動かす執着とは一体何であるのか？

「……アレンは、手袋を持ってたよな」

「は、はい、クラウナさんの為に作ってた、革の手袋だって聞きましたけど……」

「片方だけだった」

小僧の口調は、断定的だった。

お嬢の手を握ったまま、小僧もまた立ち上がり……流血のような赤い瞳で、簡易的に作られた墓標を睨みつけた。

アレン氏がお嬢に託した、クラウナ嬢に渡す為の手製の革手袋。

今しがた、二人と共に埋めるなりして弔ったばかりであるが。

「手袋ってのは、普通、二つで一組だろ」

レストンの風習、男女が結ばれるために必要な、夫となるべき男が作る手袋。

その片割れが持ち去られていたとしたら、死者が彷徨う未練たりうるだろうか。

「なあリーン、もう一回聞くぞ」

お嬢は魔物の専門家、世界で唯一の〝魔物使いの娘〟である。

魔物の生態を見誤ることはありえない。それは我輩が断言できる。

そんなお嬢が、身につけた知識と能力をもってしても、予想しきれぬ、予測しきれぬ生物がいる。

魔物ではなく、理屈より感情を優先し、常に天秤《てんびん》の片側に乗るもの。

歴代の〝魔物使いの娘〟たちがそうしたように、お嬢が小僧を選び、伴うことを決めた理由。


即《すなわ》ち、人間である。


小僧の目の奥に、鈍い光が宿った。

確信を抱いて、むき出しの敵意でもって、殺すべき相手を見定めた者の顔。

おお、そうだ、小僧は最初からその存在を疑っていた。

魔女の痕跡を見逃さず、魔女の存在を見過ごさず、狙い、定め、捉え、狩猟する者。

「本当に、この事件に魔女が関わってる可能性はないのか？」

〝魔女狩り〟。

小僧はなりゆきでそう呼ばれるようになった、という口ぶりではあったが。

何かを殺して生きる道を、自らの意志なく歩むことなど、あり得ない。

「俺の難癖ならいいさ。アレンは本当に、ただヘマを踏んで屍犬《リビングデッド》にやられたのかもしれないし、手袋は、片方がまだ完成してなかっただけかもしれねえ」

お嬢は答えられない。その予想を正面から否定する言葉を、お嬢はまだ持たない。

「だけどもし、誰かがアレンを殺してから、手袋を持ち去って、リビングデッドにしやがったなら

――」


誰かが明確な敵意を以《もっ》て、アレン氏を殺傷したのであれば。

誰かが明確な悪意を以て、レストンを滅ぼしたのであれば。

「俺はそいつを許さない――この事件は、まだ終わってない」

〝原初の魔女〟の子孫であり、当代の〝魔物使いの娘〟であるお嬢。

〝魔女の庭〟で生まれ落ちた、〝魔女狩り〟の業を背負った小僧。

この出会いが正しかったのかどうか。この時点での我輩には、まだわからぬことである。

▽

ふと気付くと、私は川辺に立っていた。

「あれ？」

ここは――ああ、そうだ、いつもアレンと、会っていた場所。

「クラウナ」

背後からの声に、私は振り向く。

どうしたんだろう。

なぜこんなに、胸が高鳴るのだろう。

なぜこんなに、愛《いと》おしい気持ちが湧いてくるのだろう。

なぜこんなに、身を焦がしそうな寂しさで、一杯になるのだろう。

「ああ、アレン」

「ごめん、待たせたね」

「別に、待ってなんかいないわ、ええ、待ってなんか」

嘘だ、ずっと待っていた。

あなたに会いたかった。

「……ねえ、アレン」

「何だい、クラウナ」

私は、アレンに、手を差し出した。

「あなたを愛しているわ、ずっと、たとえ殺されたって、愛してる」

「俺もだよ、クラウナ。君を愛してる。たとえ死んだって、君を」

その言葉だけで、ああ、きっと私は――

地獄の底に行くとしても、救われる。

あとがき

第2回ドリコムメディア大賞。

その栄えある大賞を受賞したぞ、とメールで連絡をもらった際、高鳴る鼓動を抑え込みながら、自らの頬を強めに強打しました。痛かったので、どうも夢ではなかったらしい。

はじめましての方ははじめまして。天都《あまと》ダムと申します。

受賞時の顔文字はいくらなんでも読めないので変えましょうとなりました。そりゃそうだ。


この度は拙作『魔物使いの娘』をお買い上げいただきありがとうございました。

ここまでご覧になっていただいた方はおわかりになるかと思いますが。

はい、そうですね。

なんだか……こう、歯切れが悪いというか、そう、次回に続く感じで終わってますね！

というのも私は元々、同人活動で小説を執筆していました。

イベントごとに本を出し、一冊でまとまらなかったら上下巻に分割して、頒布してちょっとしたら『小説家になろう』に投稿しながら続きを書く……と、誰に咎められるわけでもないのをいいことに好き勝手書き散らかした結果、同人版『魔物使いの娘』も上下巻編成だったのです。

商業作品として世に送りだしていただけることになった本作ですが、流石にド新人の一発目が続き物はさすがに無茶が過ぎるだろう……と思いながら編集Iさんにお尋ねしました。

「どう考えても一冊に収まらないんですけど、どうしましょう」

「上下巻に分ける形で考えてます」

おお……ドリコムという企業は覚悟を決めているらしい……。

じゃあ私も覚悟を決めよう……ということでやっていきます、よろしくお願いします。


ここからは謝辞になります。

受賞から出版まで、業界の右も左もわからないひよっこを手厚く手助けしていただきました担当編集I様。ありがとうございました。PVの収録見学後にしれっと言われた『店舗特典SSが一〇本になりました』の一言は永遠に忘れません。今後ともよろしくお願いします。


ハクラとリーン、アオの姿を描きだし、新たな旅路に彩りを添えてくださったイラスト担当のしらび様。イラストを引き受けてくださった、と連絡を頂いたときの衝撃、生涯忘れることはないと思います。美麗なイラストの数々をありがとうございました。

原型となる同人版を支えてくださったそは様、はいく様、今この物語がこうしてあるのはお二人のお力あってのことでした。いえーい見てるー？

ＰＶ・ボイスドラマにて主人公たち三人に命を吹き込んでくださった石見舞菜香様、小林千晃様、大塚明夫様。

抱いていた空想が現実となって具現化したような、そんな思いでした。実際に演技をするところを見学させて頂き、光栄でした。


その他、受賞のお祝いをくださった家族友人、応援してくださった皆様、ネット掲示板時代、ＰＢＷのマスター時代から応援してくださった皆様、この本を出す為に尽力してくださったドリコムメディアの皆様、改めてこの本をお買い上げくださった読者様、重ねてになりますが、本当にありがとうございました。

さよならじゃなくて、またね！　を言い続けられるよう、これから始まるハクラとリーンの冒険に、できるだけ長く付き合っていただけましたら幸いです。


ちなみに次回からもう誰も知らない話が始まります。本気で言ってる？？

第2回ドリコムメディア大賞《銀賞》

勇者の旅の裏側で

八月森

[イラスト] Nat.

勇者を助ける重要任務を神殿総本山から極秘裏に託された神官リュイス。その危険な任務の護衛を依頼するため冒険者の宿を訪れると、剣帝さながらの強さで暴漢を圧倒する女剣士アレニエと出会った。

そうして始まった、たった二人だけの勇者を救うための旅。傷ついたり、助け合ったり、一歩ずつ進みながら少しずつその距離を縮めていく二人だが、互いに人には言えない秘密を抱えており……。

これは勇者を裏側で支え、伝説の陰で活躍したもう一組の英雄――彼女たちの軌跡を巡る偉大で、たまに尊い物語のはじまり。

DRE NOVELS

第2回ドリコムメディア大賞《銀賞》

私が帰りたい場所は
～居場所をなくした令嬢が『溶けない氷像』と噂される領主さまのもとで幸せになるまで～

もーりんもも
［イラスト］whimhalooo

父亡き後、義母達に虐げられていたクラウディア。領地の仕事も取り上げられ、彼女はある日、濡れ衣で平民に落とされ、南の果てのグラーツ領へ追放されてしまう。自分が幸せになることはない…そう思っていたのに、用意されていたのは温かい食事に綺麗な服、領主ユリウスの不器用ながら優しい言葉だった。

「そなたは幸せになりたいと願わなければならないんだ」

昔の姿を取り戻しつつもトラウマに縛り付けられた彼女に、ユリウスは濡れ衣を晴らそうと持ちかけるが――

これは傷ついた少女が、公爵のもとで愛と居場所を再び取り戻す物語。

DRE NOVELS

魔物使いの娘
～緑の瞳の少女～

2024年12月10日　初版第一刷発行

著者　天都ダム
発行者　宮崎誠司
発行所　株式会社ドリコム
〒141-6019　東京都品川区大崎2-1-1
TEL　050-3101-9968
発売元　株式会社星雲社（共同出版社・流通責任出版社）
〒112-0005　東京都文京区水道1-3-30
TEL　03-3868-3275
担当編集　岩永 翔太
装丁　AFTERGLOW
印刷所　TOPPANクロレ株式会社

Illustration by shirabii
Printed in Japan
ISBN978-4-434-34612-5

ファンレター、作品のご感想をお待ちしております。
右の二次元コードから専用フォームにアクセスし、作品と宛先を入力の上、
コメントをお寄せ下さい。
※アクセスの際に発生する通信費等はご負担ください。